L'homme de ma vie

COLLECTION
DÉMARCHES

Les éditions Guérin sont une société
du groupe Paulsen Media.
www.editionsguerin.com

Yann Queffélec

L'homme de ma vie

éditions Guérin
CHAMONIX

À papa,
l'homme de ma vie.

Le rêve est de la pensée qui a bu,
et qui est partie dans la nuit.

(Papa, seize ans,
lycée Louis-le-Grand,
classe de philosophie)

Avant-propos

Au tournant du siècle dernier, j'eus envie d'écrire un bouquin sur Henri Queffélec, l'auteur de mes jours disparu le 13 janvier 1992. Un hommage ? Oui et non. Un portrait-robot mêlant père et fils sur fond de brouhaha familial pas toujours de bon aloi. Je dus renoncer après quelques paragraphes à hue et à dia. Comme disait Gertrude Stein : si je possédais le sirop, il refusait de couler. De plus, j'ignorais quel était mon héros : « mon père » ou « papa » ? Incapable de choisir entre les deux sosies, craignant le syndrome de Buridan, je renvoyai cette écriture à d'autres calendes. On n'est jamais déçu, avec l'écriture. Quand elle a faim, elle ne cesse de vous mordiller comme un chiot rageur, de japper sur la page : écris-moi ! écris-moi ! Repoussez-la, elle va faire un tour et revient avec un appétit redoublé. Elle est revenue ces jours-ci, pour ne rien vous cacher, elle s'en fiche désormais qu'on l'appelle « mon père » ou « papa ». C'est juste qu'elle n'en peut plus d'avoir faim. C'est elle ou moi.

PREMIÈRE PARTIE

C

1
Kodak

Mon père, un Finistérien pure souche, était grand, blond, les yeux bleus, des mains d'archange. Il parlait français, grec, latin, breton... Breton non, d'ailleurs, il en souffrit toute sa vie. Il avait grandi à Brest dans un gynécée de plein-vent, quatre étages où ne vivaient pas moins de huit femmes à sa dévotion : sa mère, deux grands-mères et cinq sœurs dont la grâce atypique divisa toujours l'opinion. De chez eux, par-dessus la rade, on devinait l'horizon, les îles du Ponant, Molène. Il y avait aussi Jean, le frère cadet, un vrai beau gosse de série B, celui-là, futur officier de marine. Tous portaient le deuil de Joseph Queffélec le Grand – le capitaine d'artillerie coloniale et chef de tribu Joseph Queffélec tombé à Verdun en injuriant les Boches.

Où retrouver son père, l'homme de sa vie, quand on a de lui seulement trois souvenirs ? Nulle part. On se console en marchant vers Dieu, vers l'Ouest, droit devant.

Chemin faisant, papa croisa la fée des grèves et ne jugea pas antagonistes la tentation des sens et la foi. Plus tard il épousa maman. Sa sœur Jeanne, philosophe de haut niveau, créature au nez proéminent, désapprouva cette union. De rage, elle tapa du pied en s'écriant : « Loulou ! » (Un dieu celtique, probablement, d'elle seule connue.) Pour elle, il ne faisait aucun doute que son frère aurait dû : soit être ordonné prêtre, soit l'épouser elle et non cette usurpatrice d'Yvonne, une étrangère à la famille Queffélec, fort jolie qui plus est. Par la suite, Jeanne s'incrusta dans un célibat sans retour et tint pour sujette à caution toute parole émanant de sa belle-sœur. De temps à autre, elle envoyait à son frère un mandat télégraphique, sorte d'allocation familiale. Pas rancunière, avec ça !

Voici une branche généalogique de l'arbre Queffélec Henri. Beaucoup de rameaux noirs avec du bleu consolateur entre les rameaux.

Chevalier Budoc-Efflam Queffélec de Kerkaradec (treizième siècle. Si ce n'est qu'il fut sans doute un compagnon de Marco Polo, cité dans le *Devisement des Mondes*, on ne sait rien de lui.)

Joseph Queffélec (1869-1916), épouse Henriette Guyader (1878-1947). Ils engendrèrent Marie, Germaine, Renée, Jeanne, Thérèse, Henri, Jean, soit la bagatelle de sept bouches à nourrir. (À se demander combien de bouches auraient attendu leur becquée au 33, place du Château, si la guerre n'avait contraint le sémillant Joseph à d'autres devoirs, tout aussi prenants et virils.)

Henri Queffélec (le père) (1910-1992) épouse Yvonne Pénau (la mère dite Bichon) (1910-1970). Ils engendrèrent :

Hervé (15 avril 1946), dit Bouéboué dit Velou.

Anne (7 janvier 1948), dite Tita dite Chouna, la Féminité tutélaire de la maisonnée après la mort de maman.

Jean (4 septembre 1949), dit brise-fer dit Le Chouan dit Yann. Il doit sa naissance aux travaux aléatoires d'un certain Dr Kyusaku Ogino.

Tanguy (24 septembre 1953), dit Touki, Tanguino, lui aussi né sous la bonne étoile filante du Dr Kyusaku Ogino.

Ses quatre enfants – une belle contribution au baby-boom à l'œuvre dans un pays saigné à blanc par deux conflits mondiaux – ses quatre enfants, maman pensait ne jamais les avoir, pas même le premier. Sur un cliché minute en noir et blanc – les couleurs du destin – on la voit le pire jour de vie, juste après la guerre. On venait de lui annoncer qu'elle devait se résigner, et pourquoi pas, à l'adoption.

Magnifique, cet instantané, magnifique de deuil, de rage froide, de honte, d'intuition. Contre la folie des avis médicaux, maman nous attend. Elle sait qu'elle nous attend. Et que nous aussi nous attendons à la queue leu leu dans les molles coulisses d'un futur encore indécis quant à son calendrier.

Quelques jours plus tard elle est enceinte et son premier fils naît un 15 avril, signe du Bélier. Il a la tête en « pain de sucre », dit-elle consternée, se demandant s'il va devoir la garder. Cinq doigts à chaque main, cinq à chaque pied, les yeux en face des trous, c'est déjà bien assez pour aimer un enfant d'amour fou.

En fait de pain de sucre – denrée que je n'ai jamais eue sous les yeux, mais dont j'admets qu'elle n'a pas sa place en maternité –, c'est un angelot qui rejoint les vivants. Kodak à volonté pour cet envoyé du ciel plus divin dans ses langes et ses pleurs qu'une hostie consacrée. Me voilà lieutenant du Sauveur, songea le fervent papa, et ses pensées montèrent vers Joseph, garde-à-vous !

Que son fils Hervé incarnât doublement son fils et son regretté géniteur, papa ne serait pas long à s'en persuader. L'ayant paré d'affinités signalétiques avec le disparu, il étendit la ressemblance au tempérament qu'il nommait l'« esprit », terme noyé d'eau bénite. Hervé ne pouvait que ressusciter l'homme de Brest *alias* l'homme de Verdun. À six mois il était *intelligent et doux*, comme *l'encensoir* de Victor Hugo. Il était bon, viril, croyant. Il réparait à lui seul un deuil dédaléen englobant toute une enfance chérie, celle-ci fusillée par cinq mille avions prétendument alliés.

Voilà qui pesait lourd sur le front du nourrisson Bouéboué quand il émit son premier « areu » dans un berceau d'occasion bleu crème à lapinous bleu foncé (maman l'avait échangé contre un sèche-cheveux électrique, non moins d'occasion, avec sa sœur Denyse, en plein baby-boom elle aussi).

En 46, les Queffélec Henri vivaient en appartement 2 *bis* avenue de la Porte-de-la-Plaine (porte de Versailles, Paris 15e). On commence à parler d'« intérieur », à l'époque, on s'américanise, on a son *living-room* et son *pick-up*. C'est bien modeste, chez nous, sans *living* ni *pick-up*. Deux pièces : une chambre pour le bébé, une salle à manger qui fait salle à coucher, à travailler, le tout meublé breton avec un grand lainage d'Alger jeté sur le divan. Patience, le piano arrive, il est coincé dans l'escalier. On mange du porc et des reinettes fripées comme les *vieilles putains* du Sud (*dixit* papa, ancien prof de lettres à Marseille au lycée Thiers). Des photos d'Hervé, chérubin à bouclettes de paille, aux doigts frémissants, couvrent les murs, alternant avec les sanguines de Dürer, les lavis de Jean Chièze, les clochards d'Ensor, la Vierge à la Rose de Li Fo, les aquarelles de Jean Richarme – un oncle sourd, inventeur d'aéronefs à deux ponts – et celle de l'ami Debidour sur papier sulfurisé, laquelle représentait deux jeunes crevettes blondes minaudant sous les caresses d'un herbier volage. C'est la bohème intello, en 46, chez les Henri – l'amour, le litre étoilé, le réchaud à serpentin, la casserole d'inox éclaboussée de suie au derrière, et Proust à discrétion. Mais déjà la poule aux œufs d'or a nom « Waterman » : une seule plume, un œuf l'an, et toute la mer à survoler.

Ma sœur Tita naquit deux ans plus tard à la clinique Sainte-Félicité.

Hervé, Anne. Un fils, une fille. Action de grâce et rosaire à la maison, fines bulles Moët & Chandon chez mes grands-parents du boulevard Raspail (116). Semez-nous des lendemains qui chantent, les enfants – alléluia !

Kodak pour ma sœur Anne ? Oui, mais Kodak de fille, Kodak d'un gloire-à-Dieu dont les meilleurs flashs ont brûlé pour le premier né. Entre les crevettes blondes et la Vierge à la Rose, la jolie Tita ira se lover petite sirène à queue de piano dans une planète à part – la musique. Tralala là-bas, elle allait bientôt rencontrer Mozart, Schubert, Brahms, Scarlatti et les autres... Et tous lui demandèrent sa main, ses innombrables mains.

Il fallut déménager, se séparer de nos sympathiques voisins du dessous, et du dessus, qui promettaient de lyncher la poule *Waterman* si le grand romancier n'acquérait pas illico des chaussons. Le fier papa emballa femme, enfants, bouquins, piano, traversa la ville à pied sur ses orteils de sept lieues, et nous voilà chez nous au 366 *bis*, un somptueux appartement prêté par mes grands-parents maternels, ascenseur, escalier de service, pignon sur rue – du standing bourgeois, mot que papa détestait.

Prénom : 366 *bis*. Nom : rue de Vaugirard (Paris 15). Profession : F 5.

Pour ma part, j'en garde un souvenir ému, du 366 *bis*. Ma nounou s'appelait Marie. Elle était brune, jolie, rieuse, elle ressemblait à maman. Je passais mon temps suspendu à son cou. Je crains qu'elle n'ait aujourd'hui recours au déambulateur suite à mes témoignages d'affection réitérés. C'était merveilleux le 366 *bis*, pour moi, mais pas pour les Binet, nos voisins du dessous. Et pas pour nos parents en bisbille avec les Binet. Nos robinets posaient problème, nos tuyauteries secouées par les flots qu'elles apportaient, remportaient. Tout posait problème : nos craquements, nos pianos insomniaques, nos vocalises d'opéra, l'ascenseur. Les enfants claquaient la porte ou la fermaient à coups de pied. Ça se dit catholique, et ça vous tire la langue, gibier de potence ! Là-dessus, Marie se mit à faire les poches de maman. Dernier inconvénient : le 366 *bis* appartenait à mes grands-parents (ceux du 116). On n'est pas chez soi quand on est chez les autres, pas vrai ? Les voisins, c'est déjà bien lourd, mais « les autres » !... Il faut répondre aux questions, se justifier, s'excuser, supporter les avanies des sœurs et belles-sœurs jalouses, hausser le ton. En somme, il faut penser à déménager – femme, enfants, bouquins, pianos, et virer la nounou.

Tanguy, mon frère cadet, naquit le 24 septembre 1953, reçu en fanfare et *lullabies* par une fratrie qui s'impatientait. C'est pour bientôt mes biquets, encore un mois, une semaine, une petite semaine, six jours – 5, 4, 3, 2, 1... Plus sa naissance approchait plus il nous manquait. Dernier né, baptisé à la clairette de die, photographié sans flash ni déclic, Tanguy resplendit néanmoins sur le degré supérieur du podium dans l'affection des siens. Il arrivait sous le signe du bisou, car nous nous comportâmes envers lui comme des sauterelles avinées dans un champ de maïs. Le premier des Queffélec à être beau comme on sait l'être sur les pentes de Judée. Des yeux comme des nuits étoilées, avec les comètes.

1953, année de grâce. Naissance de Tanguy, déménagement dans la *Nouve* – parole d'Hervé –, la *Nouvelle maison*, la maison du bonheur. Nous allons passer d'un vieil appartement caractériel chicané par ma tante Rosy à ce havre familial suspendu au-dessus des platanes de l'avenue du Parc Montsouris, cent trente mètres carrés. Pierre de taille blanche, s'il vous plaît ! Le benjamin est là, maman lui donne le sein, papa me sort de la chambre conjugale où se nourrit l'enfant-do. Je suis chassé comme un voleur, un voyou, un voyeur. Une bonne claque, pour la peine !

Que je n'oublie pas moi aussi de naître au jour J, le 4 septembre 1949, à une heure H dont la mémoire s'est perdue. Kodak ? Kodak ou Kognac ? Une petite soif étreint papa. Si l'enfant va bien, la mère a dû lutter huit heures de rang. Elle se remet à la clinique Sainte-Félicité où les religieuses, vierges professionnelles, sages-femmes attitrées de l'immaculée Marie Mère de Dieu, ont à cœur de préserver la souffrance expiatoire des jeunes mamans. Enfanter dans la douleur, Madame, c'est bien le moins quand on a vu rougir Lucifer d'aussi près ! Non Madame ! Vous ne boirez pas. Une éponge de vinaigre, peut-être ? Non Madame ! Vous ne verrez pas votre bébé ce soir, reposez-vous. Non Madame, je n'ai pas entendu la sonnette, je vais finir par vous la confisquer. Est-ce que notre Seigneur Jésus avait une sonnette, lui, sur la Croix ?

Papa m'en veut. C'est ma faute, si sa femme a des cernes de plomb, un teint de bougie, la migraine, si la mort l'a frôlée. Si Bouéboué va devoir partager sa chambre du fond avec un êtricule aussi mal embouché. Tout le monde l'appelle *p'tit frère*, celui-là, comme s'il n'avait pas d'autre nom. Un soir, je pouvais avoir trois ans, nos regards se croisèrent à la fin du dîner. Rien d'étonnant, car j'avais les yeux rivés sur lui. Je vis alors ces mots reptiliens envahir sa prunelle : mais qu'est-ce que tu viens faire ici, toi ? Je les vis, ces mots, je les entendis cogner en moi de tout mon cœur d'enfant. Ils me déclaraient la guerre en cachette de maman, de mes frère et sœur, ils m'éliminaient par-dessus la nappe, ils versaient leur venin mortel dans mon assiette de gruau. Et soudain je ne fus plus là, je m'étais laissé choir dans mes pensées.

– On s'ennuie, maman, quand on attend un enfant ?

– On l'attend sans l'attendre, on vit avec lui. On est heureux. Je te jouais du piano.

– Et qu'est-ce qu'on fait d'autre, en l'attendant ? On dort ?

– Au printemps 49, j'ai dactylographié le manuscrit du Recteur de l'île de Sein.

– C'est une île, ton sein ?

– Ton papa écrit des livres, des romans. Il a eu beaucoup de succès avec celui-là. Quand tu seras plus grand, tu pourras voir au cinéma le film Dieu a besoin des hommes. *C'est ton papa qui a écrit l'histoire.*

– Il m'attendait, lui ?

– Bien sûr qu'il t'attendait.

– Tu peux le jurer ?

– On ne jure pas comme ça.

– N'empêche qu'il ne m'attendait pas… Tu as fait quoi d'autre ?

*– En juillet 1949, je suis allée à Ouessant avec ta grand-mère. On a pris l'*Enez Eussa *à Brest, l'ancien yacht du prince Édouard III de Bulgarie. Il y avait du vent, ça bougeait beaucoup. Je devais respirer un flacon d'alcool de menthe.*

– J'étais dans ton ventre ?

– Ah ça oui ! Et tu gigotais.

– Je gigotais dans ton ventre et le bateau gigotait sur la mer. Je suis allé à Ouessant dans ton bateau ventre.

– Il pleuvait, mais tu étais bien à l'abri. Il te restait deux mois à patienter.

– Moi aussi, maman, j'attendais ?

– À ta manière, oui. Tu remuais beaucoup sur la fin, tu me donnais des coups de pied.

– J'avais hâte de te connaître, maman.

– Et de connaître ton papa, tes frères et sœur.

– Papa, oui… L'autre jour, il m'a dit que je m'étais trompé de famille.

– Pour te taquiner.

– Et que mon rire faisait le tour de ma tête.

– Il est beau, ton rire, il est joyeux, j'aime quand tu ris. J'aime embrasser ton rire, petit frère.

– La plus gentille, c'est Tita. Je suis le militaire de Tita.

– Et c'est toi qui as trouvé son surnom : Tita.

2
En famille

TITA, ma sœur Anne, fut une âme sœur quand j'étais le « p'tit frère ». Et quand je dus céder à Tanguy ce rôle en or, notre complicité n'y vit aucun inconvénient, nos atomes n'en furent pas moins crochus. Nous allions ensemble à l'école paroissiale, ensemble au réfectoire où nous mangions des friands farcis aux épinards comme il s'en mange en prison. Je ligotais avec sa corde à sauter la péronnelle qui s'avisait de lui tirer les nattes. Nous rentrions au 52 main dans la main. Elle fut la première fille à qui je donnai la main, moi son premier chevalier servant. À la boulangerie du coin, elle me payait de ces boules de meringue au nom censuré, désormais, criblées d'une limaille de chocolat noir. Et moi je lui donnais mes dessins. Nous avions une tante qui n'existait pas. La tante Barrisson. Nous ne savions ni l'un ni l'autre lequel de nous deux l'avait inventée. Un jour, elle m'offrit un flibustier borgne en sisal vert et deux énormes crayons de bois pareils à des chiens saucisses. Un cadeau de la tante Barrisson, dit Tita. Je répliquai par une large ceinture de métal doré, comme martelée par les forgerons de la Reine de Saba. Toujours la tante Barrisson. Tita était ma grande sœur, à peine – un an nous sépare (et nous rapproche) –, mais outre ses doigts magiciens elle avait l'esprit bondissant des filles, et je savais tout juste lire qu'elle caracolait déjà dans une bibliothèque rose d'*Alice*, *Aggie*, et autres *Tante Guitte*. Et *Jean Valjean* piaffait devant sa porte fermée à clé.

Mon frère Hervé fut un frère aimant, dominant, guerrier, porté à vassaliser moins fort que lui. Il me choya poupon, me supporta « p'tit frère », avant la naissance de Tanguy, me rudoya cadet gesticulant sur ses talons : resquilleur exigeant les mêmes prérogatives que lui à la maison, la carabine à flèches, la crème de marron, l'œuf au plat du matin, le miel d'acacia. Le parc des Princes ? Non, jamais papa ne m'emmena aux matchs de foot avec Hervé. Un sanctuaire de complicité, le parc des Princes. Comme Roland Garros au temps béni des internationaux – Ken Rosewall, Rod Laver et compagnie.

À cinq ans, je deviens le souffre-douleur du grand Bouéboué, et pour un paquet d'années. Mode opératoire : il me punit jour et nuit sans témoins – exécuteur innocent des basses œuvres de papa. Si je me plains à maman la punition s'envole, augmentée de sévices inédits. Dans la journée, il m'emmène au parc Montsouris à quelques encablures du 52. Nous jouons au foot. Malheur à moi si je marque un but contre lui. Et malheur s'il en marque plusieurs d'affilée contre moi, le ballon se laissant avaler par la descente où nous shootons allégrement sous la ligne du chemin de fer de Sceaux.

– Va chercher le ballon.

– C'est toujours moi.

– Vas-y ou je dirai à papa ce que tu m'as dit sur lui.

– Je n'ai rien dit.

– Menteur ! Tu m'as dit qu'il sentait mauvais.

La nuit, passé le couvre-feu, chantage au sommeil. Tu dormiras quand je dormirai. D'abord nous devons parler « voiture » ou « football » de lit à lit, un jeu de rôles bien réglé. Je questionne Hervé, il pontifie dans l'obscurité d'une voix caverneuse. Avec le temps, je connais les réponses à toutes les questions somnolentes qu'il m'invite à lui poser chaque soir, toutes amorcées par : « Est-ce que », formule qui me donne la nausée. Moi : Est-ce que la vedette *Vendôme* 1953 n'a pas un moteur trop puissant, Bouéboué ? Lui : Et tu oses me poser la question ? La vedette *Vendôme* présente la garantie *Ford*, elle est la première à bénéficier d'un moteur *Mistral* de 3,9 litres de 95 ch SAE d'origine Mercury, ça te va ? Est-ce qu'ils sont au point, les utilitaires de la gamme *Hotchkiss*, Bouéboué ? Les meilleurs du marché, p'tit frère. En 1954, le fameux bloc à six cylindres est enfin disponible sur le camion *PL 50* destiné aux sapeurs-pompiers. Est-ce que c'est une bonne marque, Bouéboué, Saint-Gobain ? Si tu t'intéressais un tant soit peu aux automobiles, tu ne poserais pas la question. Tu saurais que la firme Saint-Gobain, en 1948, réalisa l'exploit du premier pare-brise incurvé pour la *Dynavia Panhard*. Et de la première lunette arrière en 1954 pour la *Dyna Z*. Est-ce que… Est-ce que tu as sommeil, Hervé ? Non. Demande-moi si Nagy, le gardien de cage hongrois, a déjà bloqué un seul tir du buteur français Raymond Kopa ?… Lorsque Bouéboué commence à délirer dans les cages du Real Madrid, à roupiller au volant de la Soto *Firedome* coupé 1955 à flexibilité variable, ou d'une modeste *Frégate grand Pavois* française à pneus câblés (1954), je peux enfin tirer l'échelle et m'adonner à ma rêverie préférée – les filles ! Les filles ! Les filles ! Étonnez-vous si ni le foot ni le sport automobile ne furent jamais mon dada. Et si les filles m'ont accompagné toute ma vie, pauvres d'elles !

Deux bons points en faveur d'Hervé.

1) Il était drôle à mourir. Certains soirs, satisfait de la tournure de nos chuchotements, il me racontait la dernière frasque de Paul l'Imbécile, un héros de son invention. À ce nom prestigieux, un charme opérait dans l'appartement endormi. Je me redressais sur mon oreiller, Tanguy rouvrait ses grands yeux gris pailletés d'or dans son berceau, tout un petit monde en pyjama venait à pas de loup se réchauffer l'âme autour du charmeur invisible dans l'ombre. C'était comme aux veillées d'autrefois quand le babil du conteur de merveilles attire au coin du feu des gens qui croient dormir à poings fermés. Maman est là, ma sœur Anne est là, son baigneur Florent dans les bras, et bien souvent la nounou dont la plus attrayante se nomme Edwige et la plus directive mademoiselle Kreps (l'autorité, chez les vieilles demoi-

selles, s'accompagne volontiers d'un visage ingrat et d'une verrue). Papa non, il ne vient pas, il continue de ronfler en haute mer dans le plein ouest du lit conjugal.

J'ai tout oublié de Paul l'Imbécile, excepté l'épisode où, ne retrouvant plus ses vêtements un matin, notre héros n'a d'autre choix que de s'habiller en water-closet. Le voilà bardant ses pieds et tibias de papier toilette, enfilant pour culotte le réservoir de la chasse d'eau... on imagine la suite. Heureux enfant. Il n'a plus qu'à passer inaperçu dans le vaste monde, et, déjà, descendre demander sa main à la fille de la concierge, une blondinette à gros genoux, la lèvre mollasse, sur laquelle mon frère et moi-même avons des vues. Comment voulez-vous qu'un enfant de six ou sept ans ne défaille pas d'hilarité à cette geste hygiénique aux accents d'épopée ?

2) Il était brave, Hervé était brave : brave au sens de courageux physiquement. Dans l'autre sens il n'était rien moins que brave, et je n'ai jamais entendu personne se risquer à dire de lui : ce brave Bouéboué !

Nous avions un canot à rames, à l'Aber, le *Saint-Gildas*. Il devait un jour tomber du quai tel un fruit pourri – pourri qu'il était déjà neuf – et se rompre les os sur la grève en débris spongieux. Avec le *Saint-Gildas*, on faisait des ronds et des huit sur le plan d'eau lacustre du port. On godillait, on ramait sous le regard de la jumelle marine de nos grands-parents embusqués derrière le double vitrage de la maison. Le large, au-delà des passes du Crapaud, on n'y avait pas droit. INTERDIT.

Le Bouéboué sans peur, lui, ne pensait qu'à traverser l'océan les jours de grand beau, à la rame. Il haranguait son équipage de frère et cousins intimidés : mauviettes, poules mouillées, ramez ! Il ne pensait qu'à désobéir et nous désobéissions tous une boule au ventre, nous ramions, tirions sur le bois mort, souque mignon ! Si ça tournait mal, on cafterait. Franchi les passes du Crapaud, on entrait sous les hourras dans la gueule de l'Atlantique, et juste avant qu'il ne claque sur nous ses mâchoires écumantes : demi-tour, on revenait au port en poussant des cris de joie terrifiés, et la jumelle marine se disait qu'elle avait rêvé. Elle ferait bientôt des cauchemars.

Le soir, grâce au fier Bouéboué, tout en pourléchant mes doigts englués de *farz-buen*, je faisais mon fier-à-bras, le repas fini, dès qu'un ange étourdi venait à s'échouer sur la nappe entre grand-mère et tante Jeanne, les deux sœurs, les deux bouées cardinales de la tablée :

– On est allés au large, cet après-midi. On aurait pu couler, c'est Hervé qui l'a dit.

– Au large ?

– Oui, jusqu'à la Pierre de l'Aber ?

– Il ment, on s'est arrêté au Lieue.

– Vous êtes allés jusqu'au Lieue ?

– Il ment. N'est-ce pas papa ?

Papa fronçait les sourcils, le regard en plein ciel. De temps à autre, il mettait la main à la poche et me disait : va t'acheter du chocolat.

3
À table

BRAVE DE SES POINGS, Bouéboué savait l'être aussi. Un dimanche matin, les petites baltringues de la rue Nansouty nous délogèrent de la descente où nous jouions à notre foot sadomaso sous le pont du chemin de fer de Sceaux. Elles eurent gain de cause, j'en conviens. Mais Hervé, s'il commença par se replier en ordre dispersé – c'est moi, la dispersion – voulut s'armer des longues fascines d'un chantier voisin pour contre-attaquer. Une fascine chacun. Ne parvenant pas à les détacher, ne parvenant pas davantage à sortir du sol un des pieux de bois vert wagon qui délimitaient la pelouse INTERDITE, il retourna se battre à mains nues. Il avait dix ans, moi sept, l'ennemi douze et parfois treize, une prunelle de tueur. Nous rentrâmes au bercail en rage, en nage et en larmes, et que croyez-vous qu'il arriva ? Papa se mit en rogne en voyant nos affaires en charpie, nos faces griffées. Combien de *Recteurs de l'île de Sein*, bonté divine ! Combien de phares d'Armen allait-il devoir façonner jour et nuit, combien de cargos en détresse envoyer à la mort sur des récifs embrumés pour élever des saligauds qui vous ruinent le portefeuille quand ils vont jouer au ballon. Et en plus on leur a volé leur ballon à ces deux andouilles ! Un ballon : une conférence d'une heure et quart en Afrique pour l'Alliance française !

– Allez vous laver les mains.

On y va. On est en retard. On sait bien que le déjeuner commence à midi et demi, et qu'il est une heure moins vingt. On sait tout ça. On tremble, on a mal partout. On passe à table, Hervé à gauche de papa. Je suis à droite, ma sœur en face de moi, maman en face d'Hervé, Tanguy sur sa chaise haute à roulettes entre maman et Hervé, dos aux platanes de l'avenue. On mange nos sardines à l'huile d'une fourchette chipoteuse, en quête d'un regard ami dans les environs. Hervé boude, lui, l'air accablé. Il pianote le *Gai Laboureur* sur la nappe, un arpège de mutinerie. Il gonfle les joues, il a des soupirs arythmiques de vieux biniou.

– Bois ton vin !

Hervé porte son verre à ses lèvres et le repose aussitôt. Il n'a rien bu. Il n'aime pas le vin. Il n'aime pas toujours être le préféré d'Henri, le petit-fils de Joseph. Papa donne de la voix, regarde maman. Le vin, quand même, l'Eucharistie. Prenez et buvez. La panacée, belle mignonne, Pasteur lui-même en est convenu. Pasteur l'omniscient, l'as des as de l'exploration microbienne. Maman refuse de le seconder sur ce terrain titubant où, mon bel époux, il s'agit ni plus ni moins d'un pomerol, bordeaux capiteux titrant 13° minimum, servi par le père au fils de dix ans relevant d'une grippe intestinale.

– Le pomerol en quantités choisies ne peut que lui faire du bien, belle mignonne. C'est le lait qui vous détraque un homme. On ne dira jamais assez les méfaits du lait. Il sourit timidement :

– On ne peut pas trinquer avec du lait.

La main tremblante, maman casse en deux une gauloise bleue sans filtre et se met à fumer de profil, le regard perdu, ce que déteste ce non-fumeur de papa. Cigarette contre vin rouge. Poumon contre foie. Poison contre poison. Raisin contre vache. Papa baisse les yeux, fautif, il souffre comme un enfant. Il me fait penser à moi.

– Pas meilleur fortifiant, belle mignonne, dit-il d'une voix piteuse. Tous les médecins te le diront.

Maman ne relève pas. Son frère est médecin, son père est médecin, son grand-père est médecin. Mais qu'est-ce que trois médecins opposés à « tous les médecins » que précède à grands pas chaloupés son mari sur la route en zigzag du fin mot, du dernier mot touchant la fermentation alcoolique et ses déplorables effets sur les neurones ? Son mari, un médecin des âmes.

Ouvrons une utile parenthèse à propos du vin. Méfaits ? Que non, dit papa. C'est la volonté humaine, le secret d'une fréquentation vineuse de bon aloi. C'est la veulerie qui prend le volant ou lève la main sur la douce et tendre moitié en rage derrière le rouleau à pâtisserie. Bienfaits ? Immémoriaux. De la naissance aux funérailles, toute célébration profane ou sacrée finit par des libations et tous les sentiments ont leur soif.

Rien d'étonnant, dans cet esprit de communion dionysiaque avec Mère Nature, si papa ne conçoit pas sans vin l'éducation du fils aîné. Vin fin pour Hervé, vin de table pour lui. Au premier la grâce d'un médoc prestigieux, au second, père aimant, la toile émeri du Préfontaines à capsules, une bibine de restau routier : au reste de la tablée l'eau du robinet filtrée par les truites arc-en-ciel de la Vanne, le réservoir municipal en contre-haut du parc Montsouris. (À moi, à moi seul, les cygnes d'aluminium jaune, rouge, vert, confectionnés par papa en malaxant les capsules de Préfontaines, un butin que je récupère en douce après chaque repas).

Au moment de refermer l'utile parenthèse, et de me rasseoir à table avec les miens, j'aimerais dissiper un éventuel malentendu. Non, cent fois non, papa n'est pas un être dissolu, un buveur compulsif en train d'exhorter sa famille au délire des sens. Avec le goût du vin, papa entend former son fils à l'unité de l'esprit et du cosmos, à ses devoirs imminents d'honnête homme – honnête, heureux, debout face aux ténèbres, et toujours respectueux du bon goût.

Voyez-vous ça ! Tandis que j'écrivais ces derniers mots, d'elle-même, la parenthèse utile s'est refermée. Ni vue ni connue. Avec le goût du vin se partage l'amitié spontanée pour autrui. Partager – c'est trinquer.

Ça ne s'arrange guère, à table. Papa s'est mis à l'anglais pour dire à maman des choses qui ne regardent pas les *children*. Ce rossignol du grec et du latin distille un anglais franchouillard de vaudeville. Pas d'accord sur le *wine,* maman part dans la *kitchen.* Voilà papa bien seul, le moral au tapis (*carpet*). Voyant l'ombre de mes oreilles décollées s'aventurer sur son assiette de Port-Salut, il se venge sur moi, le seul à vraiment l'écouter. Il a besoin de châtier quelqu'un pour se défouler, et dans cette peau d'innocent idéal, rien ne vaut celui qui s'est trompé de famille – le p'tit frère :

– Arrête de boire toute cette eau, tu vas te dilater l'estomac.

– J'ai soif.

– Menteur, tu as déjà bu toute une carafe.

– J'ai soif, maman veut bien.

Il a de vilains yeux, soudain. Les yeux que j'ai probablement quand il me regarde avec ces yeux-là.

– Tu boiras au goûter.

– Eh, Tita ? Je peux finir ton verre ?

– Fiche le camp ! *Raus !... Schnell !...*

Je me lève, je vais voir maman dans la cuisine. Elle est sur le balcon au-dessus de la cour, elle fume.

– Il t'a grondé ?

– J'avais soif.

Je ne sais pas pourquoi, cette petite phrase fait rire maman. Le mot « soif », j'imagine. Le rire de maman vaut toutes les fontaines où j'ai pu me désaltérer au cours de ma vie.

4
Cékouassa

MA PREMIÈRE CONVERSATION mémorable avec papa remonte aux années cinquante, avant la naissance de Tanguy. Nous habitons encore au 366 *bis*, et, comme on dit, je vais sur mes quatre ans. Le petit frère, c'est moi, c'est mon nom usuel à Paris comme en Bretagne où les marins-pêcheurs sont les grands frères de tous les enfants qui les approchent, et les enfants les petits frères des grands qui les appellent *mignon, p'tit frère,* sans jamais les confondre avec des inférieurs ou des nains. De ce petit frère-là, je vais devoir bientôt faire mon deuil. Une mue qui me reléguera dans la caste méprisée du cadet.

Ce matin-là, un dimanche, je suivis papa dans la cuisine. Il se mit à quatre pattes sur le carrelage, très affairé. Qu'est-ce qu'il peut bien fabriquer ? Je le regarde écraser avec les pieds, les mains, les genoux, une borne kilométrique de carton blanc. J'en ai déjà vu, des bornes kilométriques, mais jamais en carton, et jamais ailleurs que sur le bord de la route, au sortir de l'Aber.

LANILDUT
1 KM

J'ai vu, pas lu. Ne me demandez pas comment ce panneau routier s'est introduit chez nous. Seul papa connaît la réponse, et pas sûr qu'il vous la donnerait.

Revivons la scène ensemble, si vous voulez. Je suis à quatre pattes, moi aussi. Je me passionne pour ce grand carton qui peine à s'aplatir, se reforme aussitôt déformé. J'aimerais bien aider papa, qu'il ait besoin de moi.

Allez, je lui propose mes services :

– C'est quoi, ça, papa ?

– C'est quoi quoi ?

– Ça.

– Du cékouassa, p'tit frère.

– Et c'est quoi, du cékouassa ?

– C'est du cékouassa.

L'effroi, soudain… Cékouassa. Monsieur Cékouassa. Le Méchant Monsieur dont parle maman, c'est lui. Le Loup qu'il ne faut jamais croiser dans la rue, dans l'escalier, jamais suivre nulle part, ne pas trouver gentil quand il sourit, quand il ouvre sa poche pleine de bonbons, quand il vous dit : « Alors, mon petit bonhomme ? » d'une voix bizarre, le Loup vit chez nous. M. Cékouassa vit chez nous. Papa vient de lui démolir sa cabane, mais il s'est caché ailleurs. Sous le buffet breton, sous mon lit, dans le placard à chaussures, dans une chaussure de papa. À quoi peut-il ressembler ? Aucun épouvantail n'est assez vilain pour figurer cette larve mélancolique

que je sens rôder autour de moi, que j'entends respirer, remuer des bonbons dans ses poches grisâtres. Il a des yeux partout, M. Cékouassa. Il me regarde avoir peur de lui, je suis sa proie.

– Il est où, papa ? dis-je, le cœur fou.

– Qui ça ?

– Le Méchant Monsieur ?

– Oh, ça va ! dit papa qui n'en peut plus d'écraser son carton récalcitrant. Fiche-moi la paix, maintenant, *Raus !*

Le sieur Cékouassa aurait dû mourir illico presto, plonger tout de noir vêtu avec ses bonbons dans un gouffre d'oubli. Mais il avait trouvé en moi le plus tremblant des publics, prêt à l'adorer jour et nuit dans le rôle du Méchant Monsieur. Et bientôt nous formâmes un couple odieux, lui et moi : lui le bernard-l'ermite aux pinces molles, moi la coquille dévorée. Quand il manquait d'imagination, j'en avais pour deux. Quand il était fatigué, ça ne durait pas le temps d'un bâillement sépulcral. Quand il disparaissait, je ne savais que trop où le retrouver. Je le lui aurais soufflé, s'il avait su parler. Mais bien trop malin pour parler avec des mots, l'animal, à voix haute. Au mieux des murmures, des bruits, des pas aussi ténus que la respiration d'une araignée velue trottinant sur l'oreiller. Effrayante, la maison sans lumière où il y a *quelqu'un*, soudain, quelqu'un d'invisible et voyeur, mais qui :

– Qui est là ?...

Le « cauchemar » épargna cet excellent dormeur de papa jusqu'à l'âge de quarante ans, ce qui nous amène aux années cinquante. À l'entendre, il aurait franchi deux guerres mondiales, et survécu aux deuils et chagrins, sans que le marchand de sable se grimât jamais en Méchant Monsieur. En 1951, il se fit rouler par Giraër Gazarossian, un aigrefin d'Arménie à chapeau mou style Popeye (celui de Faulkner, le tueur aux mains de poupée), et les dames blanches de l'insomnie commencèrent à folâtrer sous son oreiller. Après quoi, elles n'arrêtèrent plus leurs micmacs, et, quatre enfants étant nés de ses vigoureux ahans, papa découvrit la face cachée du bonheur. Oui, la lune est bien sœur des ténèbres, oui les anges ont des parties lépreuses, oui l'enfant peut tisonner chez celui qui l'aime (et vendrait pour lui la prunelle de ses yeux), un instinct de destruction meurtrier, celui du loup. Et oui, tout murmure et gazouillis qu'il est – ronron, vagissement dans la nuit enchantée –, l'enfant peut inopinément se changer en fureur de Satan et déchirer sous ses glapissements la page en cours du grand écrivain papa.

La *Nouv'* était bien fichue pourtant, conçue pour la sanctuariser au mieux, l'inspiration du grand puissant chef *Waterman* dit aussi « le grand Spi ». Un *no crying land* de quatre pièces aux murs épais, un premier corridor à moquette acrylique, un second corridor sans moquette, une salle de bains à double entrée séparaient le bureau du romancier des larynx cacophoniques de ses trois énergumènes de fils, trois crêpeurs de chignons. Mais comme en un désert aussi désert que sait l'être un désert à la hauteur de son nom, un point d'eau voyait inexorablement converger sur lui tous les besoins pressants des environs : l'unique « ouatère » de l'appartement à mi-chemin entre le ciel et l'enfer. Des retrouvailles impromptues s'opéraient autour de cette oasis. Et papa avait beau ruser, battre la semelle dans la salle à manger, surveillant les allées et venues par-dessus les tulles de la porte vitrée, il…

5
Ça marche

… Il ne parvenait pas toujours à m'éviter. Nous nous retrouvions nez à nez devant les ouatères, mus par la même intention hygiénique, papa gêné, un numéro du *Marin* sous le bras, moi plutôt content.

Parfois la place est déjà occupée par ce bon à rien de fils cadet, enfermé là comme s'il prévoyait d'y passer le week-end. Mon plain-chant grégorien met papa hors de lui. « Sors de là ! On ne chante pas la messe aux cabinets ! » J'ai la parade à cette lâche agression, la même pour tout enfant surpris dans cet épisode initiatique de méditation assise au-dessus d'un chef-d'œuvre intimiste aussi naturel, quintessence du moi honteux. En position de force derrière l'inviolable targette, l'enfant répond : « Je n'ai pas fini », comme un sculpteur le dirait à Dieu, comme Dieu se le dit à lui-même lorsqu'il pétrit la femme au dernier jour de la Genèse. Et quel père civilisé aurait alors la cruauté d'insister, d'enfoncer la porte à coups d'épaule ?

Je m'éloignais mortifié, pas tant que ça, un *« Meditamini de hoc in cubiculo vestro ! »* furieux sur les talons.

Du charabia pour un zouave de mon acabit, à six ou sept ans, même élevé par un lauréat du concours général, un normalien reçu dans la botte. J'attendais qu'il eût regagné son bureau, et je retournais célébrer la messe aux cabinets. J'étais enfant de chœur, après tout et je voulais faire honneur à papa. Lui prouver que je croyais en Dieu, moi aussi. Autant sinon plus que tous ses enfants réunis.

Plus encore que les cabinets, le Bureau m'attirait. Le Bureau de papa. Il ne s'y passait pas grand-chose apparemment. Une table, une armoire, un fauteuil, un lit, des bouquins partout, des rideaux verts à moitié arrachés, tous cordages ballants. Maman parlait sans cesse des « personnages » de papa. Ils étaient donc là, mais où ? Les marionnettes, la vieille demoiselle grippe-sou, le recteur de l'île de Sein, la soutane du recteur de l'île de Sein, le bâton sanglant du gars du bois, la souris borgne de Dinguebidon ? Où ça ? Comme le Méchant Monsieur, j'imagine, cachés là où on ne les voyait pas, où seul papa savait qu'ils étaient.

Maman pouvait s'approcher sans autorisation du Bureau. Elle traversait le grand salon sur la pointe des pieds, le petit salon, frappait d'un toc-toc respectueux à la porte close, et se faufilait dans le saint des saints. Elle en ressortait vite, le plus souvent, un billet de banque entre les mains. Et moi, si j'y allais ? Bof ! À reculons. Pour y recevoir ce que papa nommait une *bonne fessée.* Il attendait que maman fût sortie : « Viens dans mon bureau. » Ces mots rituels annonçaient mon exécution sommaire, hors de tout cadre légal. Bouéboué, livide, regardait s'éloigner l'infortuné petit cochon destiné au couteau du boucher. Après la fessée – vingt coups la fessée standard, trente la fessée des grands jours – papa m'administrait le baiser de retour en grâce entre les sourcils. Sorti du Bureau, vous pensez bien, j'essuyais le baiser à m'en arracher les sourcils.

À l'entrée du Bureau, chaque matin, la corbeille à papier guettait la bonne âme qui voudrait bien descendre la vider aux poubelles. C'était moi. Arrivé dans la cour, je la retournais sur le ciment pour extirper du fatras les cartouches de verre usagées du *Waterman*, fou de joie lorsqu'elles avaient gardé leur obturateur de caoutchouc gorgé d'encre bleu nuit. Une cartouche, et parfois deux quand papa battait son record journalier de huit feuillets manuscrits. Les cartouches rejoignaient les cygnes Préfontaines dans une boîte de cacao *Van Houten* ornée d'un couple de perroquets. J'avais ma cachette dans la salle de bains, sous la baignoire, derrière la trappe d'accès réservée aux plombiers. Outre la boîte de fer se trouvaient là ma pierre à feu, mes pétards, mes osselets, et un pistolet à plombs gagné aux osselets contre Jimmy Beckrich, l'Américain du deuxième étage.

Un soir, farfouillant dans le tiroir à chaussettes de papa, je mis la main sur un stylo entier. Dispositif à pompe, capuchon à pas de vis, plume or souillée d'encre séchée, marque *Pélican*. Je mouillai la plume avec de la salive, et j'écrivis un *Papa* laborieux sur mon

Fluctuat nec Mergitur, ce cahier vert bouteille fourni par l'État aux écoles communales. La plume était bectée, elle poussait des cris, larmoyait sur le papier. Hum, le chagrin d'un stylo qui avait peut-être inventé *Le Recteur de l'île de Sein*... Ce *Pélican* était mon stylo, à présent. Bientôt j'aurais une écriture aussi belle que l'écriture de papa. À six ans, je m'appliquais déjà à l'imiter, serrurier véreux limant son premier passe-partout.

Je dormis le stylo sous mon oreiller (qui s'en souvint des années durant) et le lendemain matin le montrai à Jimmy sur le chemin de l'école. Je le montrai à mes compagnons d'osselets, au livreur de lait chocolaté, à Mademoiselle Pitôt, mon institutrice, l'amour de ma vie. Ce fut alors que ma chance tourna :

– Un cadeau de mon père.

– Un cadeau ?

– Je vous le prête si vous voulez.

– Mais tu es sûr au moins qu'il te l'a donné ?...

J'eus sans tarder la réponse à la question, une bonne fessée des familles, la plus cuisante de l'année. « En plus il ne marche pas ! » dit papa avec mépris, tel un grand marcheur se gaussant d'un cul-de-jatte. Puis j'entendis passer le nom de Mademoiselle Pitôt et le stylo ravi à son ravisseur regagna le nid douillet du tiroir à chaussettes (*DD,* laine et fil d'Écosse mélangés, 42/46). J'avais surestimé l'amour de ma vie.

Déçu par le stylo, je me rattrapai sur les chaussettes. J'en mis une, un matin. Pas terrible, la *DD,* elle m'arrivait au-dessus du genou, le talon à mi-mollet.

Les chaussures, catastrophe. Papa chaussait du 43 ½, moi du 36. Je me faisais l'effet du Chat Botté. Dans son placard, il avait des chaussons, des espadrilles de mer et trois paires de souliers : les souliers pour la ville, les souliers pour les réceptions, les souliers pour la forêt, ceux-là bien fatigués. On voyait qu'il avait un faible pour ses vieux godillots forestiers, les seuls à bénéficier d'embouchoirs. Il marchait en forêt une fois par semaine, à Compiègne, à Rambouillet, à Ermenonville, si possible avec Bouéboué. Tantôt il rapportait une feuille morte à maman, tantôt un caillou, tantôt un petit bouquet de fleurettes cueillies au bord d'un étang. Et chaque fois, ses orteils meurtris baignant dans une cuvette d'eau froide, il soupirait d'une voix grisée d'épuisement : crénom ! J'ai bien marché… À six ans, je ne mesurais pas la force d'une pareille déclaration dans la bouche de papa. Jusqu'au jour où Jimmy crut pouvoir s'en mêler. Et mal lui en prit.

Jimmy Beckrich, surnommé *Trop-Beau* à la communale (12, rue d'Alésia, les garçons, 12 *bis* les filles) était l'Américain, au 52. Il y avait l'Espagnol du premier (Alvarez), l'Allemand du troisième (Manfred), l'Arménien du quatrième (Gazarossian), le Breton du sixième (Papa), le Juif du neuvième (Nathan). Pas de Noirs, pas d'Arabes. En tout cas pas au 52.

On s'entendait plutôt bien, Jimmy et moi. On allait ensemble au 12 chaque matin. Lui, le sac à dos plein cuir, moi le cartable en skaï à bout de bras. Lui, la culotte de porc bavaroise *Old England* à bandoulière et liséré caca d'oie, moi la culotte de toile Prisunic. Lui le mocassin, moi la sandale. À sept ans, il faisait déjà bonne impression aux dames – grand, brun, la mâchoire carrée, le nez droit, l'air hautain du chouchou. Il était alsacien par son père, américain par sa mère et par un grand-oncle du Nouveau-Mexique, éleveur de bisons. On roulait sur l'or d'outre-Atlantique, chez les Beckrich, et pour faire bonne mesure on roulait français, la marque *Peugeot*. On avait la 203 l'année des 203, la 403 l'année des 403, la 404 l'année des, etc.

Un matin, Jimmy me demanda si la *Dyna Panhard* mauve stationnée devant la maison depuis des mois, ses quatre pneus à plat dans les feuilles pourries qui tombaient des platanes, était bien notre voiture à nous les Queffélec. Non, répondis-je avec horreur, vexé qu'un pareil tacot le fasse penser à moi, à nous. Formé la nuit par Bouéboué à la fine fleur du chic automobile intercontinental, je pus bricoler un mensonge aérodynamique, jetant le nom d'une *Amilcar-Hotchkiss Grand Sport* à roues indépendantes et freins hydrauliques, 20 CV fiscaux, tout confort et discrétion, laissée par mon père à Brest, là où nous résidions la plus grande partie de l'année au manoir de Kerkaradec.

Jimmy resta silencieux, sa bouche en cœur enflée par un dédain progressif. « Menteur », soupira-t-il enfin, et je crus entendre papa le jour où je prétendis avoir mangé des lentilles farcies à la cantine.

Le soir, je m'informai auprès d'Hervé si la *Dyna Panhard* abandonnée sous les arbres pourris de l'avenue nous appartenait.

Bouéboué était couché en haut du lit superposé, prêt à dormir, un Bob Morane lui tombait des mains. Il n'eut pas l'air de saisir le sens de ma question, puis son regard fourmilla d'incrédulité.

– La *Dyna Panhard* ? La *Dyna* X ? La berline VP 2, modèle 1946 ? Ce tas de boue carrossée par Louis Bionier ? À nous ?

– C'est Jimmy qui dit ça.

– Cette voiture de clochard, à nous ?

– C'est ce qu'il dit.

Bouéboué m'en balança le Bob Morane à la figure.

– Écoute-moi bien p'tit frère. *Simca* vient de racheter la branche française de *Ford*. Ils vont lancer l'an prochain la série des *Versailles*. Avec les *royalties* du film tiré d'un *Recteur de l'île de Sein*, on pourrait parfaitement s'acheter une *Versailles,* un moteur *Ford* V8, quand même ! à soupapes latérales. On a les moyens, frangin, on les a.

– Et, en attendant, on a la *Dyna.*

Je crus qu'il allait pleurer.

– Non, dit-il, l'air sombre. Non, p'tit frère, on n'a pas cette cochonnerie de Dyna. On n'a pas d'autos.

– On n'a pas d'autos ?

– J'ai honte, moi aussi. N'en parle jamais à personne… Tu as le droit de savoir, papa n'a pas son permis. Même maman l'a, même tante Denyse, même tante

Thérèse, tante Rosy et tante Jeanne l'aura un jour. Je suis désolé p'tit frère.

… Pas d'autos, pas de permis. Moi cette nouvelle m'éblouissait. On allait pouvoir se concentrer sur les bateaux. Avec *Le Recteur de l'île de Sein*, on n'avait qu'à s'acheter un yacht à voiles, comme l'oncle Jo.

– Pour te consoler, on ira tous les deux au Salon de l'auto en décembre, tu veux ? On pourra voir la dernière *Studebaker* en alliage léger, la station wagon *Conestoga*… Allez, on va éteindre, maintenant… Ramasse mon Bob Morane, s'il te plaît. Dès que tu m'entendras chuchoter : « Bouéboué », tu me demanderas où en est *Studebaker* de ses utilitaires à capot et cabine avancée pour l'armée… Et pardon si je t'ai fait de la peine, p'tit frère.

Il soupira dans l'obscurité :

– Il faut que papa passe son permis, il le faut.

J'avais besoin de rêver tranquillement dans mon lit, de m'endormir sur ces images de yacht du bout du monde :

– Et si je n'entends pas chuchoter « Bouéboué » ?

– Tu n'as qu'à dresser l'oreille, c'est tout. Sinon tu m'entendras chuchoter : « Popotin d'Hervé, popotin d'Hervé… » de plus en plus fort. Et papa viendra. Et je dirai que c'est toi. Et tu auras une fessée.

Jimmy et moi par un beau matin d'hiver. Nous longeons les voitures en stationnement avenue du Parc.

– La *Dyna X* n'est pas à nous, Jimmy.

– C'est ça, comme ton stylo pété, t'as jamais rien à toi… N'empêche que j'ai vu ton père la démarrer à la manivelle, la *Dyna*, dimanche dernier. Comment t'expliques ça ?

– Change de lunettes.

– C'est ça, ouais… Et elle est à qui ?

– J'en sais rien, moi, à vous !

– Ça me ferait mal aux seins ! Pauvre plouc. Les *Panhard* font un bruit de batteur à œuf. Vous avez quoi, vous ? Une vache ?

– Une traction *Mille-Pattes*, modèle 1955.

Jimmy s'arrêta :

– La traction *Mille-Pattes* ? dit-il, levant un sourcil frémissant d'ironie. Et ça marche à quoi, ça, la traction *Mille-Pattes* ?

– À l'huile de panard.

– Ah ouais !… Et vous vous déplacez comment, là-bas, dans vos trous perdus ?

– Comme ça ! dis-je, et le plantant là je pris mes jambes à mon cou.

6
Tac au tac

Fin juin 1956, l'année du stylo volé dans les chaussettes, l'année de la *Mille-Pattes*, j'obtins le grand prix d'encouragement réservé au cancre phénomène de la classe. On me remit sous les huées *Les Mémoires d'un âne,* l'œuvre majeure de la Comtesse de Ségur (née Rostopchine), et je ne fus pas qu'à moitié fier de rapporter à la maison un roman gratuit.

– C'est pour toi, dis-je à papa, je te l'offre.

– Non merci, p'tit vieux, tu l'as bien mérité. Tu le liras en Bretagne.

Le lendemain, la tribu Queffélec migrait dans l'Ouest pour ses quartiers d'été. Tout un cousinage s'entassait à bord du Paris-Brest, l'express à vapeur, quatre-vingt-dix kilomètres à l'heure dans les descentes. Qu'il était beau, mon Paris-Brest. Cinq wagons vert épinard tractés par une locomotive à vapeur SNCF 242A1 avec des roues motrices à rayons. Vingt petits morfals endiablés allaient devoir patienter neuf heures de rang jusqu'au terminus au bord de l'Atlantique. Il nous fallait tout un wagon. Ma tante Denyse, femme prévoyante, accrochait sur la plateforme un régime de bananes en guise d'en-cas pour tous. Oui, nous pouvions jeter nos peaux par la fenêtre, mais à condition de ne pas gêner les « autres voyageurs », une espèce que des cousins soudés par le goût du danger n'ont pas à connaître. Ma tante Jeanne, la philosophe au long nez dévié, cherchait l'impossible (ce qui est le propre des philosophes) : un compartiment loin des enfants, loin du siècle, à la rigueur occupé par Aristote et Platon, deux compagnons de route qu'elle ne désespérait pas d'épouser outre-tombe, à défaut d'épouser ici-bas son frère aîné qu'elle appelait Ritou. « Elle est sur les roues », disait maman, la voyant s'engouffrer dans ce qu'elle estimait être une oasis de calme à l'extrémité du wagon. Les cousins, eux, macaques surexcités volant d'une liane à l'autre, bondissaient de couloir en compartiment.

Papa voyageait en première classe. Il avait charge d'âmes et de pages blanches à noircir en paix. De temps à autre, il venait voir où nous en étions – si nous faisions les fous, si belle mignonne allait bien, si Jeanne, qui boudait sur les roues, ne voulait pas enlever sa gabardine – le risque d'avoir affaire au crachin breton, pour pénétrant qu'il fût, étant à peu près nul dans un train moderne.

Le haut-parleur énuméra les arrêts sous la marquise, le chef de gare siffla le départ du train, le premier vlouf de vapeur retentit. Entre Maine-Montparnasse et Versailles-Chantiers, je lus quelques pages de la

Comtesse. Je découvris un âne fort dégourdi nommé Cadichon. Cadichon rimait avec nichon, la brave bête ! Puis je fus distrait par une occupation moins solitaire. Il s'agissait, avec mes deux cousins Yves, de confectionner un ballon. Si possible un ballon de foot. Si possible un ballon *Hongaria*, la marque des championnats du monde. Mon travail consistait à éplucher les bananes vertes du régime, toutes, et si les vertes ne suffisaient pas on compléterait par les autres. Les deux Yves, mes aînés de deux ans, rivalisaient d'astuce et de belle humeur pour donner forme aux bananes qu'ils pétrissaient à qui mieux mieux sur le couvercle noir du siège en fer à cheval des WC, ceux-là affichés en mode OCCUPÉ tant que le ballon ne donnerait pas satisfaction.

Prétendre que le ballon-banane eut jamais la physionomie d'un ballon *Hongaria* cousu main serait exagéré. Mais on peut dire que la bagatelle de cinquante bananes amalgamées par trois cousins résolus et sportifs imitait sans aucun doute une sorte d'objet roulant. Sauf que notre ballon-banane ne roulait pas – il s'écrasait. Nous en mangeâmes un bon morceau, puis l'un des deux Yves observa que cette histoire allait nous attirer de sérieux ennuis. Nous pouvions évidemment nous débarrasser du ballon sur la voie ferrée, rien qu'en soulevant le couvercle du fer à cheval. Jamais à court d'idées lumineuses, nous optâmes pour un adieu plus créatif. D'abord on fit part à trois. Chacun eut son ballon-banane à lui. Ensuite, ma tante ayant permis de jeter les peaux par les fenêtres – ce que je n'avais pas manqué de faire –, eh bien serment fut prêté par trois conjurés de ne jamais révéler à personne, fût-ce en danger de mort, le plan génial qui leur mit l'esprit sens dessus dessous.

En avant. Nous allons dans le couloir à la fenêtre. Quelle chance : personne en vue, aucune maman ni papa. Nous baissons la vitre. Un train sympathique finit par rouler à notre hauteur. Nous voyons de tout près les voyageurs du train d'en face, garçons, filles, parents, des voyageurs comme tous les voyageurs de tous les trains du monde, comme si des millions de sosies se croisaient sur les rails en se prenant pour des inconnus. Nous leur sourions, ils nous sourient : nous leur tirons la langue, ils font pareil. Leur train faisant mine d'accélérer, nous jouons à celui des trois cousins qui réussira le premier à toucher un voyageur avec son ballon-banane. Nous lançons nos projectiles, chacun à son tour, mais hélas une accélération chargée d'escarbilles nous laisse dans l'ignorance du résultat espéré, et le train des sosies disparaît à grand bruit.

Brisés par l'émotion, nous rejoignons nos mamans respectives dans leurs compartiments. Je n'ai pas lu trois mots de la Comtesse que je vois s'avancer, titubant dans le couloir, un énorme goéland mazouté. C'est ma tante Jeanne dégoulinant d'une espèce de purée vert-jaune, la gabardine en bataille, les bras en avant. Maman va voir ce qui se passe : « Oh, je ne veux pas le savoir, dit ma tante à travers un masque de coulis grumeleux, je ne comprends rien. » Elle prenait l'air à la fenêtre, un train était passé, on lui avait fait des sourires et voilà qu'il était arrivé « ça ». Si toute la personne de ma tante n'avait pas senti la banane fraîche, peut-être aurions-nous pu mettre en cause le train d'en face, les deux Yves et moi. Et nous en tirer au bénéfice du doute. Mais la disparition du régime et l'exhalaison désignaient les criminels. Et papa fut appelé par la philosophe pour enseigner la sagesse aux trois piètres footballeurs encrassés de banane eux aussi. Ainsi commença pour moi l'été 56. Par une fessée dans un compartiment de première classe. Expliquez-moi, s'il vous plaît, ce qu'il en est de la physique du rebond des fruits sur deux trains dont l'un dépasse l'autre…

Nous passions les vacances à l'Aber-Ildut, trois mois d'éternité dans une grande maison blanche reliée à l'océan par un majestueux escalier de granit jeté entre grève et jardin. J'étais assis sur le quatrième degré, flexos blancs aux pieds, mon voilier sans voilure sur les genoux, quand papa fut derrière moi, respirant fort.

– Qu'est-ce que tu fais là ?

– Moi ?

Qu'est-ce que je fais là. Moi. Rien. Moi ne fais rien. Moi rêvasse. Moi suis là, c'est tout. Moi regarde monter la mer. Moi content. Et moi content quand elle redescend. Si je réponds à papa : « Moi content », il m'en cuira. Dès qu'il m'aperçoit, il estime que ma place est ailleurs. Normal, je me suis trompé de famille.

– Viens, nous allons nous baigner à Mazout.

Moi, me baigner avec papa. Moi seul avec papa dans la mer. À Mazout.

Moi.

Papa.

Je sais nager depuis hier. Je n'ai plus besoin de maman pour me tenir par l'élastique de mon maillot de bain. Papa ne m'a encore jamais vu nager. Je vais l'épater.

Papa, chemisette blanche, pantalon blanc, sa tenue d'espion anglais, dit maman, me prend sur ses épaules et je respire à pleins poumons l'odeur de sa chevelure, aussi délectable que le vent marin sur la dune. Quand m'a-t-il déjà juché en haut du mètre quatre-vingt-trois, sa nuque entre mes cuisses ? Aucun souvenir. Kodak, s'il vous plaît.

– Tu es trop lourd, descends.

Nous y allons à pied sous le crachin, à Mazout, une grève à trois kilomètres de là. Mazout, quel nom ! Je n'ai jamais su pourquoi une portion du littoral entre Garch'in et Penfoul – deux toponymes bien frappés en *brézhouneg* – s'appelait Mazout. S'il s'agit d'un nom breton, c'est raté. S'il s'agit d'un nom français, il a tort de s'intéresser au cargo poubelle venu dégazer un jour dans les parages.

Je suis fier. Je marche avec papa. Il me donne la main. Je suis le fils d'un marcheur qui n'a pas le permis, pas d'auto, et qui fera tôt ou tard un grand feu de toutes les *Peugeot*, *Simca*, *Ford*, *Hotchkiss* de mes oncles et tantes, et aussi les *Dyna Panhard*, dès qu'il aura une minute à lui pour se procurer un bidon d'essence.

Il marche vite, je dois trottiner pour le suivre. Le premier kilomètre, ça va. Nous arrivons à Porzmeur et je commence à fatiguer, un peu seul et perdu sur ses talons. Il m'a lâché la main. Que se passerait-il si je tombais d'épuisement ? Est-ce qu'il irait se baigner sans moi ? De temps en temps, il se retourne et dit : « Qu'est-ce que tu fabriques ? À ton âge, j'y allais au pas de course, à Mazout. » C'est exactement ce que je suis en train de faire, non ? Il ne sait même pas l'âge que j'ai, quel jour je suis né. Moi, je sais qu'il a quarante-sept ans et qu'il est du 13 janvier 1910. Au 12, je dis qu'il en a trente-sept. Et l'an prochain, je dirai qu'il en a trente-sept. Trente-sept ans est un âge qui lui va bien. C'est vieux, mais ça va. Je ne veux pas qu'il soit mort. L'autre jour, j'ai vu une chouette inanimée sur des pétales de camélia dans le jardin. J'ai imaginé papa gisant les yeux fermés sur des pétales de camélia. J'ai passé la nuit à pleurer, à me lever pour m'assurer qu'il ronflait.

Je n'en peux plus. Nous arrivons à la grève par le sentier du douanier. Il pleut serré, la mer n'est pas belle à voir, toute grise, avec les moustaches d'un courant sinistre rebiquant au loin sur une balise de fer noir qui mugit ses promesses de mort. Papa disparaît derrière un rocher, reparaît en maillot de bain bleu foncé. J'ai mon slip de bain sur moi, je me déshabille et le vent d'ouest s'abat sur mes épaules de freluquet.

Papa marche vers l'eau. Il cherche le bon endroit pour entrer dans la mer, une éclaircie de sable au milieu des goémons. Il y va les bras en croix, il ne ralentit pas, il nage en direction d'une barque noire à chiffres blancs. Personne, aucun bruit si ce n'est le froissement des nappes de goémon soulevées par la respiration du ressac. Si ce n'est le souffle court de la bouée qui pleure les bateaux disloqués sur les récifs.

Je fais trois pas dans la mer, j'ai mal, je grelotte. Encore trois pas sur les galets glissants, l'eau m'arrive aux tibias, au nombril, au sternum. Je m'arrête, le froid m'aveugle. Je sais nager, je sais nager, depuis hier je sais nager, je veux que papa me voie nager, je veux nager jusqu'à la barque noire où il m'attend suspendu à la chaîne d'ancre, j'en ai les larmes aux yeux. Eh bien tant pis, il me verra une autre fois, je reviens sur mes pas, je sors de l'eau. Je m'assieds frissonnant sur les galets en contrebas des bruyères, écoutant chantonner les minuscules vaguelettes de la baie, seuls témoins de ma détresse.

Papa fond sur moi, ruisselant, soufflant, furieux, sa mèche blonde collée en travers du front.

– Plonge-toi !

– J'ai froid.

– Si tu ne te plonges pas, tu ne seras jamais qu'un raté !

J'y vais, je nage enfin, je brasse l'eau, je compte mes brasses avec soin. J'arrive à dix, à douze. Est-ce qu'il me regarde au moins ? Je perds pied : « J'ai perdu pied, papa, regarde ! » Tu parles ! Il est remonté sur la grève, il m'a oublié. Il fait ses moulinets de gymnaste suédois, sautille sur place en levant haut les genoux, en expirant avec bruit, ouvre grand les bras au dieu océan épars sur la houle.

Je sors à mon tour, je fais comme lui, les bras, les jambes, la respiration, je pianote en l'air, cherchant à saisir au vol les gouttelettes du crachin. Je suis un Henri Queffélec miniature, prêt à lui voler son mètre quatre-vingt-trois comme j'ai déjà volé son stylo, ses chaussettes, à parler des langues disparues, à jouer du piano, toujours en quête du pas suivant, du mot suivant, avec des personnages à mes trousses. Tu peux tempêter, papa, me brûler au feu de tes yeux bleus, un jour je deviendrai toi : toi et personne d'autre, et surtout pas moi.

Nous nous rhabillons. Nos deux maillots détrempés sont roulés ensemble dans la serviette éponge à tordre.

– Depuis quand sais tu nager ?

– Depuis longtemps.

– C'est ta maman qui t'a appris ?

– J'ai appris tout seul.

Retour par la route goudronnée, cette fois, un raccourci. Papa vole devant mes pas exténués. Il chantonne un tube à lui qui mériterait des tomates : *À la vanille pour les petites filles, au citron pour les garçons, au chocolat pour les gentils papas.* Les gentils papas, c'est ça ! Et les mamans, alors ? À quoi, les mamans ? Il se retourne et dit : « Tu entends la corne de brume ? Le chenal du Four, p'tit vieux. » L'ancien prof se met à dégoiser un couplet à rallonges sur le chenal le plus avancé d'Europe, une voie maritime empruntée par les vaisseaux de guerre anglais, français, après que François Ier eut choisi la rade de Brest pour havre royal de la flotte, blabla… militaire du, blablabla… royaume…

Il pleut serré, venteux, Papa dit qu'il va nous falloir continuer au pas de gymnastique, c'est-à-dire en courant (ne comptez pas sur lui pour dire *footing*). « Il reste deux kilomètres à peine, tu risques d'attraper mal. » Il démarre au petit trot et j'ai l'impression de m'essouffler en vain derrière une girafe. Je galope à cracher mes poumons pour maintenir l'intervalle entre nous, je n'y arrive pas, j'ai envie de pleurer. J'enlève mes flexos, la route est tiède.

Arrivé à l'Aber, pas plus éprouvé que ça, papa s'accoude au muret devant la marée haute. Il se repeigne avec soin, tapote ses mèches recoiffées, hoche la tête avec satisfaction. Je le rejoins, lessivé, heureux comme jamais. J'ai tenu les deux kilomètres sans m'arrêter, sauf une petite fois pour me déchausser. J'ai fait mon entrée au port en courant d'un air triomphal sous la pluie qui vient à l'instant même de cesser, les oiseaux chantent sur les fils télégraphiques. Les plus jolies filles de l'Aber m'épient derrière les rideaux. Et demain elles rougiront à ma vue.

– Remets tes flexos, p'tit vieux. Tu t'essuieras bien les pieds avant d'entrer à la maison. Et tu suspendras nos maillots sur le grillage.

C'est drôle, je m'attendais à un compliment. Rien, pas le moindre sourire ou clin d'œil signifiant : « Bravo, fiston, tu m'as épaté. » Un dernier regard pour approuver le majestueux spectacle de la marée haute et papa tourne les talons. Je cours après lui, j'attrape sa main. C'est maintenant que j'ai besoin d'être son fils, maintenant. Il baisse les yeux sur moi, sourcils froncés. Que lui dis-je alors, le feu aux joues, avec la naïve brusquerie du gamin qui croit pouvoir manipuler comme un vieux doudou le cœur d'un homme aussi méfiant ? Alors, je lui dis quoi ?…

Ah, si maman pouvait me chuchoter à l'oreille une sage, une lumineuse idée. Bien conseillé, je m'épargnerais le pénible épisode où je vais à présent m'engouffrer tête baissée.

– Tu as vu, papa ? J'ai bien couru ?

Même pas : j'ai bien nagé, non, même pas : j'ai bien marché, je suis fort, et si tu m'avais dit : porte-moi sur ton dos je t'aurais porté en courant jusqu'à la maison. Même pas tout ça pour lui prouver que je ne me suis pas trompé de papa, et lui pas trompé de fils.

Il répond du tac au tac, l'air indigné :

– Bien couru ? Ton frère aurait couru plus vite que toi.

Il me sourit, découvrant ses dents mal rangées qu'il ne montre jamais.

– Et il aurait mieux nagé, tu ne sais pas nager.

7
Matriochka

LES JOURS PASSENT, un bon millier d'entre eux, le calendrier flirtant avec le zéro des années soixante. J'ai neuf ans et demi. On trinque autour du piano à queue livré par la maison *Erard*. Un verre oublié traîna sur la nappe avec une marque de rouge à lèvres, et je fis d'une pierre deux coups : mon premier baiser d'amour et ma première gorgée d'*asti spumante*. Délices de voleur après un dîner aux chandelles où je n'ai pas été convié. Ce fut la Toussaint tristounette, ses pots de fleurs jaunes et ses vieux cousins éloignés de passage à la maison, la goutte au nez. Puis le temps se couvrit. Un flux cyclonique agissant d'ouest en est et du nord au sud ravagea l'hexagone, emportant la lessive du balcon sur les toits des taudis qui bordaient la cour. Par la fenêtre des cabinets, debout sur la cuvette, me haussant sur la pointe des pieds, je vis claquer au vent l'un des grands caleçons blancs du paternel accroché par une antenne de télévision sur le point de céder : cédera, cédera pas… Quatre nuits torrentielles. Cent nœuds avec des pointes à cent vingt. Le caleçon tint bon.

Une hécatombe à la mer et dans les forêts. Chalutiers et voiliers crevés s'emberlificotaient dans les ports jusque sur les quais. Basses et hautes futaies plantées par les jardiniers des rois gisaient à l'envi dans la brande, abandonnées par les oiseaux sans pitié pour les agonisants.

– Ton frère a du travail, me dit papa cette nuit-là. Nous allons demain à la pêche au gros.

Je viens d'éteindre ma lampe, je commence à perdre conscience. Et justement j'imaginais des bateaux en difficulté. Je ne m'endors jamais sans prendre la mer.

– Au gros quoi ?

– Nous marcherons une petite quarantaine de kilomètres en forêt. Tu as une pile ?

– Oui.

J'ai ma *Wonder*, cadeau de Jimmy. Tous ses jouets, tout ce qu'il a me revient un jour ou l'autre. Ses trains, ses avions, ses pistolets de shérif, ses éperons, ses patins à roulettes, tout ça déglingué. Sa sœur Marion, j'aimerais bien aussi la récupérer. Je la regarde, elle me tire langue.

– Mets un gros pull, il y aura du vent.

Je m'endors du bout des cils, surexcité. Un œil rêve, l'autre cogite. Je tiens ma chance, cette fois. Je crois savoir qui est papa. Un marcheur, même quand il est assis, quand il dort. Où qu'il aille, il élargit le cercle de l'horizon autour de ses pas. Regardez-le sortir du 52 l'après-midi. Il ajuste son béret, passe à longues enjambées devant la *Dyna* du clochard, la *4 CV* des Maraicou, la *Simca* des Trarieux la *Régence* vert olive des Gazarossian, la *Peugeot* des Beckrich, la *Versailles* des Beckrich, leur *Dodge*. Il ne voit rien, il est dans ses rêves. Il peut croiser sans les saluer nos voisins horrifiés par son indifférence à leurs petites chéries bien cylindrées : à leurs clés plates, leur alliage léger, leurs pneus X, leurs pare-chocs inversés, leurs butoirs et leurs cent trente à l'heure pied au plancher. Où va-t-il ? Faire un tour dans Paris pour se changer les idées ? Quand papa se change les idées, soyez sûr qu'il retourne à Brest, même au cœur de Paris, le Brest anéanti du 33 place du Château, sa ville bombardée. Et quand il m'emmène à la pêche au gros dans une forêt, c'est que Brest est spirituellement dans les parages, quelque part où papa ne va que par les yeux du souvenir, où je perds sa trace. C'est quoi, ça, la pêche au gros ?

À l'aube, le train nous dépose à Rambouillet. Nous buvons un café-crème au café de la gare, nous mangeons deux tartines chacun. Nous traversons à pied une ville fantôme où le jour naît par bouffées couleur de cendre. Il pleut, du gris luisant s'accroche aux façades. Les chaussures à bout ferré de papa font résonner les pavés. Je me laisse entraîner par cette monotonie cadencée, fier de marcher avec lui, roupillant à moitié. « Autrefois, les océans recouvraient les forêts, p'tit vieux. Les requins pullulaient dans les profondeurs ». À l'ère primaire, ils étaient morts, l'eau s'étant retirée. Subsistaient sous l'humus les dentitions de ces merveilleux prédateurs, moins nuisibles aux êtres vivants que leurs frères humains. Ce sont elles que nous venons tenter d'arracher sous les arbres abattus : les dentitions. C'est ça, la pêche « au gros ».

– Ça va, p'tit vieux ?

– Oui papa.

– Nous déjeunerons à Poigny, dans les bois.

J'aperçois au loin la masse sombre de la forêt noyée d'un reste de nuit. Une route asphaltée succède à la route pavée, se fait chemin de terre défoncé en bordure d'un champ inondé, puis nous obliquons pour pénétrer dans la forêt. On n'entend pas un oiseau pas un bruit, excepté le floc d'une goutte d'eau par-ci par-là, et bien sûr l'écho gênant de nos pas dans la boue.

– Requin est un terme à l'origine controversée, p'tit vieux. À ses débuts, l'étymologie tâtonnait.

Devant nous, en travers du chemin, un arbre si long que je n'en vois pas le bout. Il gît empêtré dans les fougères, racines à ciel ouvert. On dirait l'affreux calmar qui cherche à broyer les bordés de cuivre du *Nautilus* de *Vingt Mille Lieues sous les mers,* son œil de chèvre fixé sur le spectateur. Papa se tait devant l'arbre couché, les mains jointes, comme s'il priait pour le soldat inconnu.

– Ta *Wonder*, p'tit vieux.

Papa descend dans l'énorme souille des racines enchevêtrées. Il disparaît. Le rayon lumineux va et vient sur cet imbroglio de tentacules à vif où la terre noire suspend des blocs détrempés.

Que cherche papa ? Je vois sa blanche main gratter, empoigner la terre et la pétrir, la rejeter au loin.

– On ne trouvera rien par ici.

Je l'aide à remonter, la marche reprend à travers flaques et branchages. Chaque fois qu'un arbre nous barre le passage, papa descend l'inspecter à la *Wonder*. La violence de ses crénom ! finit par m'inquiéter.

– Tu vois quelque chose, papa ?

– Rien. C'est plein de petites racines.

Nous repartons. La pêche au gros ne donne rien. Papa finit par l'oublier.

– On parlait de quoi ? Ah oui, de l'étymologie du mot « requin ». Si l'on s'en tient au latin, nous avons *squalus* d'où vient « squale » et « squalet ». Squalus veut dire : rugueux. C'est un terme inapproprié. Le requin n'est pas forcément rugueux. Tu as même une variété de requins soyeux. Pour le mot « requin » proprement dit, nous avons en latin *requiem*, soit « regret ». Le requin requiem est au regret de saliver devant les enfants du bon Dieu. Au Moyen Âge, il y a *quin*, l'autre nom de « chien ».

– Comme le petit quinquin.

– Finement vu, p'tit vieux. Peut-être appelait-on les petits chiens des « petits quinquins », je n'y avais jamais pensé… J'homologue, p'tit vieux. La roussette n'est-elle pas un minirequin bien rugueux, celui-là, appelé communément « chien de mer » ?

Toute la journée, ce chien de mer aux étymologies louvoyantes nous fit les honneurs des océans déguisés en forêts. Il jappait à nos côtés lorsque nous arrivâmes à Poigny-la-Forêt, riait et pontifiait après un déjeuner sur le pouce au *Relais des Chasseurs* (un large pouce trempé régulièrement dans la limonade et la cuvée du patron), prétendant qu'il avait bien connu Adam et Ève, de Gaulle, Mylène Demongeot, Jean Gabin, Julien Gracq, et que si vraiment il devait choisir de la motocyclette ou de l'automobile, il choisirait les doigts de pied.

– L'automobile, p'tit vieux, voilà l'ennemi !

Mes jambes ne me portaient plus. J'en avais marre, des *squalidés*, leurs orgelets, leurs amours, leur graisse à durillons, leur peau dont on fait les sacs à main, les gants, le poignard de suicide du Samouraï déshonoré : « Le *katanga*, p'tit vieux, ton oncle Jo en a un à l'Aber. » Entre les œufs mayonnaise de Poigny et la voix houleuse de l'infatigable papa, je me sentais ballotté par un vrai mal de mer. Autour de nous bourdonnaient dans le jour déclinant des requins blanc, tigre, marteau, nourrice, citron, pèlerin, fantôme… Et bien sûr il arriva ce qui ne pouvait manquer d'arriver à des rêveurs tels que nous, à force d'en parler comme s'ils nous écoutaient. L'un d'eux, le maousse de la bande, finit par s'attacher à nos pas et nous adopter.

Il nous escorta jusqu'à Rambouillet, prit le train avec nous dans un vieux compartiment pour huit personnes, affalé entre papa et moi. Gentil, avec ça, pas du tout agressif, un peu baveux. Après Versailles, sa tête roula sur mon épaule et il se mit à ronfler. J'aimerais bien voir ça, que le contrôleur lui demande son billet.

8
Trahison à Athènes

JIMMY AVAIT UNE SŒUR qui s'appelait Marion. Lorsqu'elle apparaissait en chemise de nuit, certains soirs où je descendais chez eux, regarder la télévision, mon rythme cardiaque s'accélérait. Elle ne restait pas plus d'une minute avec nous, mais c'était largement suffisant pour m'aviser qu'elle devenait jeune fille. Embrasser du rouge à lèvres sur un verre de cristal, il ne m'en fallait pas davantage pour avoir envie d'embrasser Marion, aussi délicatement qu'un verre de cristal. J'ignorais à l'époque que la salive des jeunes filles fût un alcool bien supérieur à celui du vin d'*asti*. Elle allait avoir onze ans le samedi suivant, soit le cinq novembre 1959, deux jours après ma pêche au gros avec papa.

Pour l'accompagner au cinéma Univers voir le film à suspense *Trahison à Athènes*, avec Robert Mitchum, elle avait choisi son frère Jimmy. Et Jimmy m'avait choisi moi pour les accompagner tous les deux : moi son copain plouc du sixième étage, il me paierait l'entrée. Je m'étais déjà assuré de l'accord de principe de maman sensible à la gratuité de cette aimable invitation, à l'intérêt culturel du film que nous irions voir : *La Ruée vers l'or*, une comédie avec Charlie Chaplin, l'acteur préféré de papa. J'avais en effet besoin d'elle pour décrocher le oui paternel, et je pensais Charlot meilleur avocat que Robert Mitchum pour plaider ma cause. Et surtout pas un mot de Marion.

Papa dirait oui, je n'avais aucun doute. Nous étions allés ensemble à la pêche au gros. Il avait ronflé sur mon épaule dans le train. Il m'avait dit, rentré à la maison : « J'ai peut-être une bonne surprise pour toi, p'tit vieux, tu verras. » Ce fut donc en pensant très librement à Marion que je partis me coucher ce soir-là. Mais contrairement à ce que j'imaginais, ce fut papa qui peupla mes rêves de sa voix et de ses yeux bleus. Et d'une manière imprévisible lui qui perturba mon sommeil.

J'ouvre les yeux. Je vois l'ombre de papa la *Wonder* à la main, deux doigts translucides en biais sur le rayon lumineux. Je rêvais de lui, justement. Soit je délire en plein rêve, soit mon rêve est entré dans ma chambre à pas de loup, ce pas de loup des faux Pères Noël en mission spéciale. Tu ne dors pas ? Non, papa (qu'est-ce que j'en sais ?) Dors, p'tit vieux, tu vas réveiller tes frères. Tu es sûr que tu ne dors pas ? Sûr, papa. Alors mets tes chaussons, parle moins fort, viens dans mon bureau.

Me voilà traversant derrière lui l'appartement sans lumière, le corridor, la salle à manger, le salon, le petit salon. La *Wonder* nous ouvre la route de son rayon dansant. Nous arrivons au bureau lui aussi perdu dans l'obscurité. Déclic de la lampe sur la table, on dirait une méduse de verre fumé aux lueurs verdâtres.

Nous sommes en pyjama, papa et moi, lui son vieux veston sur les épaules, en chaussons, moi pieds nus, les talons en feu. Il ne dit rien, sa longue mèche lui tombe sur le front, nous nous regardons.

– Tu m'en veux ?

– Non, dis-je, interloqué par cette question.

– Je te présente mes excuses, p'tit vieux.

Il prend sur la table un sachet de chanvre à ficelle marron. Il sourit en le soupesant d'un air un peu fou. Qu'est-ce qu'il peut contenir ? Du poivre ? Un lingot d'or ?

– Elles sont à toi, p'tit vieux… Mon bien le plus précieux après la casserole de Brest… Hervé aura la casserole de Brest. Pour Tita et Tanguy, j'ai une autre idée.

Il se tait, repérant dans mes yeux quelque chose qui ne lui fait qu'à moitié plaisir. L'adoration narquoise que j'ai pour lui. Je dors debout, je rêve debout, je dois faire un effort pour me rappeler que la casserole de Brest est ce coulis d'aluminium retrouvé par papa dans les décombres du 33, place du Château, après le passage des bombardiers alliés. Et que c'est tout ce qu'il lui reste d'une maison de cinq étages où ils vivaient à dix.

Il redit : « Elles sont à toi, à toi… » Mais elles, c'est qui ? Elles sont à moi, le coulis d'aluminium à Hervé,

Tita et Tanguy n'ont plus qu'à se partager la chaînette de la lampe la méduse.

– J'étais bizuth à Normale, en 31. Gracq et moi, on sortait en forêt par les plus mauvais temps. On allait aux rochers d'Angennes où j'aurais voulu t'emmener cet après-midi. Les orages ne nous faisaient pas peur, crénom ! J'ai trouvé ces dents sous un orme géant foudroyé. J'ai dû emprunter le couteau d'un campeur pour les désincruster. Je les ai lavées moi-même dans une solution alcaline, rue d'Ulm, et Gracq les essuyait. Cent huit dents, rien que des crocs. Elles sont à toi. Toute une mâchoire de squalet.

– Merci, papa.

– Où vas-tu les cacher ?

– Dans ma boîte de cacao, sous mon lit.

– Ne les montre pas. Ne les vends pas. Oublie-les. Tu es leur gardien. Tu es l'orme géant. Ne t'en laisse pas conter par les orages. Une fois par an, je demanderai à les voir. Dans un an, si tu n'as pas égaré une seule dent du squalet, je t'offrirai *The Catalog of the fossils fishes of the British Museum,* l'ouvrage de référence d'Arthur Simon Woodward sur les squalidés. Et qui sait si tu ne deviendras pas le grand savant français dont les squales ont besoin pour se faire apprécier du public. Toi qui ne sais pas quoi faire de tes dix doigts, ce pourrait être une voie.

Il repose le sachet, on dirait qu'il vient de payer une rançon.

– Va te coucher, maintenant. Elles sont à toi.

Elles sont à moi, mais elles sont loin, bien esseulées sur un manuscrit dans la lueur accusatrice de la lampe.

J'attrape le sachet, je reprends ma *Wonder* et j'y vais, laissant papa dans son bureau (affaire conclue). J'arrive à mon lit, je défais la cordelette du sachet, le vide sur le drap. Ça, un trésor ? Ces petites dents ridicules, aussi bizarres que les dents de papa ? Qu'est-ce que je vais faire de ça moi ? Je remets les dents du squalet dans leur sachet, le sachet dans la boîte de cacao, la boîte sous mon lit. Je me recouche dépité. Puis je me console en pensant que papa dira oui pour *La Ruée vers l'or*. Je suis heureux, à cette idée. Je peux dormir à présent sur mes deux oreilles, dormir avec la sœur de Jimmy.

9
Femme en blanc

LE LENDEMAIN, papa disait non. Si je voulais voir un bon film, je n'avais qu'à lire *Servitude et Grandeur militaire* d'Alfred de Vigny ou le *Que sais-je* qu'il m'avait offert sur les mœurs des chiens de mer. Si je voulais voir un bon film, je n'avais qu'à fermer les yeux. Plutôt que de me ruer sur l'or du Far West avec des têtes brûlées, le week-end prochain, je ferais bien de me ruer sur mes devoirs de classe. Maman tenta d'intercéder en ma faveur, la voix calme et souriante, la gauloise derrière l'épaule, elle regarda papa comme il aimait l'être par sa « belle mignonne », en des moments où elle faisait appel aux vertus aumônières de son héros, mais en vain. Selon papa, je n'étais pas assez mûr pour apprécier l'humour doux-amer de ce Charlot tombé du ciel auquel je ne ressemblais que trop par ailleurs, dans un registre bien terre à terre, hélas, où de semblables individus suscitent la compassion ou la peur.

Ce non paternel fut un crève-cœur, un chagrin d'enfance, d'amour, d'amitié, augmenté d'une peine indéfinissable qui m'acheva. Au dépit de manquer une sortie troublante avec la sœur de Jimmy s'ajoutait la frustration de manquer un film où, me raconta Jimmy plus tard, on voyait une chanteuse de cabaret danser la poitrine entièrement dénudée.

– J'ai vu mes premiers « bouts de sein » avant toi, dit-il en se rengorgeant.

– C'est comment ?

– Encore mieux que ce que je croyais.

À cette nouvelle, je ne sais pas à qui j'en voulus davantage, de papa, Robert Mitchum ou Jimmy et peut-être la sœur de Jimmy. Et peut-être la chanteuse dépoitraillée.

– Elle a dit quoi, Marion ?

– Qu'est-ce que tu veux qu'elle dise !

Voilà qui mettait un comble à ma privation. On m'avait volé le regard boomerang que nous aurions dû partager, Marion et moi, allusion directe à la poitrine naissante de cette allumeuse de onze ans, dans l'éclosion de sa féminité, qui daignait respirer à mes côtés dans les ténèbres d'un cinéma. Qu'est-ce que j'en avais à fiche, moi, des poissons séniles que papa s'en allait désincruster sous les arbres carbonisés après la tempête ! Qu'est-ce qu'une vieille dent de requin auprès des lèvres en fleur d'une fille que l'on n'embrassera sans doute jamais !

– Raconte-moi comment c'était.

– Ça se raconte pas. C'est secret, les seins. T'as qu'à demander à Marion. Elle a les mêmes.

Tout juste si j'osais la regarder, Marion. Elle me faisait tourner en bourrique. Sa personne entière proclamait qu'elle n'était plus une petite fille et moi juste un galopin drôlichon, pour toujours peut-être.

J'entrais dans ma onzième année. La chasse au « bout de sein » – gibier rarissime avant 68 – nous obsédait Jimmy et moi. Avec la chanteuse du cabaret, Jimmy venait de marquer un point. Car en ces délicates affaires de libido, l'amitié sait mêler entraide et rivalité. Chaque fois qu'un film au titre bien féminisant semblait vouloir nous rincer l'œil : Charlie Chaplin, Haroun Tazieff ou le Commandant Cousteau se dévouaient pour nous servir d'alibi. Les films s'appelaient *La Reine de Saba*, *La Fille aux yeux d'or*, *Une pépée pas comme les autres*, et pour nos parents : *Le Miracle des loups* ou *Les Lumières de la ville*. Le sang brûlant d'un espoir fou, nous partions écarquiller les yeux devant de jeunes comédiennes de rêve, sûrement bien disposées par ailleurs, mais engagées dans ces navets par contrat pour au mieux frémir des narines ou laisser leurs décolletés plonger dans les vallées encaissées d'un désir constamment sur sa faim. Nous rentrions bredouilles, les yeux vides. Pour goûter aux fraises des bois qui vous électrisent un jeune homme, il fallait avoir au moins seize ans. Seize ans ! C'est bien tard, seize ans ! pour manger des fraises de cinéma.

– Écoute, me dit Jimmy. La semaine prochaine, ils passent *La Femme en blanc* à Montparnasse. Un film avec une infirmière. On n'aura qu'à y aller samedi soir, je t'invite.

– D'accord. C'est sur quoi ?

– Une infirmière, j' te fais pas un dessin.

Elle s'appelait Marie-José. Elle travaillait dans un hôpital. Le soir, après une journée harassante au chevet des mourants, Marie-José montait coucher dans sa mansarde. Avant qu'elle n'éteignît sa lampe, enfin seule, on la voyait se déshabiller, enlever sa combinaison et dégrafer son soutien-gorge face au public. Un soutien-gorge blanc. Ou noir. On verrait bien. Elle n'éteignait qu'après.

– Tu es sûr ?

– Marion l'a déjà vue avec nos cousins. Elle aimerait y retourner.

J'en eus les joues en feu, comme si Marion était l'infirmière de *La Femme en blanc.*

– Ça devrait plaire à mon père, une infirmière. Sa sœur est infirmière aux armées. J'appellerai ça chez moi : *L'Infirmière aux armées.*

Ce fut un « non » maternel catégorique. Une infirmière ? À la caserne avec des soldats ? Jamais de la vie, mon chéri. Ah lala, si on les connaît, les infirmières, au cinéma ! C'est comme les petites institutrices à lunettes d'écaille. Elles ont toujours tendance à considérer qu'il fait un peu chaud. Et à se mettre à l'aise.

– Et alors ?

– Alors c'est non ! Et je ne te conseille pas d'en parler à ton papa. Il y a des choses que tu comprendras plus tard.

Sauf que moi je veux les apprendre maintenant, les choses de plus tard. Et ce n'est pas en grattant sous les ormes géants les jours de pluie que je deviendrai un homme. Je la trouvais ridicule, soudain, ma pêche au gros avec papa. Il m'avait fait voir là-bas *Le Monde du silence*, un film à périr d'ennui tourné sous la mer. C'étaient les créatures à soutien-gorge blanc qui m'intéressaient, pas les poissons d'un autre âge, ou bien des sirènes en chair et en os. En chair surtout, si possible 85D.

– Je ne viens pas au ciné, ma mère a dit non.

– Dégonflard !

– Elle a dit non, je te jure.

La scène se passe au deuxième étage du 52, sur le palier, un vendredi soir. Jimmy me fixe d'un œil froid, son œil de justicier de western.

– C'est con pour toi, dit-il, on y serait allé avec Marion.

Et il me ferme la porte au nez. Je sonne, il n'ouvre plus. Il fait son *Américain* offensé. Shérif des amitiés à la vie à la mort, Jimmy dicte sa loi au ranch du 52, du 54 et même du 56 où le fils de la concierge tourne autour de Marion, lui aussi. Et comme il emporte dans ses fontes un maximum d'argent frais dont il fait profiter les copains, il a toujours le dernier mot.

Je passai un samedi de cauchemar. Je lus *Vigny*, *Tintin*, *Spirou*, *Tartine* et *Bob Morane*. En perdant l'amitié de Jimmy, j'avais perdu l'amour que Marion n'aurait jamais pour moi, ce qui redoublait la force désespérée du mien. Je dévalais l'escalier plusieurs fois par jour. Assis sur les marches au deuxième étage, je regardais la porte fermée du paradis où j'avais bu mon premier Coca-Cola, vu mon premier aspirateur vertical, mon premier *Frigidaire*, un monument rouge tomate à poignée chromée, vu mon premier téléviseur, mon premier Léon Zitrone, ma première Catherine Langeais, écouté mon premier Brassens et vu briller dans la béance providentielle d'un maillot de corps blanc décousu mon premier sein de jeune fille au petit matin, devant un bol hilare de *Banania.*

Tel est mon désœuvrement psychologique, le dimanche, que je ressors les dents du squalet après la messe. Je les hais, ces dents. Elles sont moches, ces dents, elles sont vieilles, aux antipodes des péchés dont je rêve jour et nuit. Je les suce : un goût de pierre à feu, comme à la messe le pain du *Corpus Christi* lorsqu'il se plaque au palais, impossible à décoller manuellement sans que le Diable vous arrache la main. Je n'y tiens plus dans la soirée, je prends sous mon bras ma boîte *Van Houten*, et je descends voir Jimmy.

Je sonne. On me repère au *judas*. C'est lui qui m'ouvre, l'air outragé. Il vient sur le palier, enfreignant son propre règlement d'embrouille avec ses amis.

– Salut, Jimmy. C'était bien, l'infirmière ?

– On n'y est pas allé. Marion avait mal à la tête.

– Ah ouais, c'est pas marrant, dis-je, ému par cette évocation soudaine de Marion, de la tête de Marion, de la chair de Marion, du monde infiniment clos et secret où Marion garde les pensées qu'elle ne fait jamais entendre à voix haute, en tout cas pas à moi.

– Tiens ! dis-je, à Jimmy.

Je lui mets dans les mains ma *Van Houten*.

– On est *Banania* chez nous. Tu devrais le savoir.

– C'est pas du chocolat.

Il ouvre la boîte, les dents pleuvent sur le paillasson WELCOME des Beckrich.

– C'est quoi, ces vieilles dents pourries ? Tu te fous de ma gueule, espèce de *son of a bitch* ?

– Tu t'es regardé, face de poubelle ? Je les ai trouvées sous…

– Dans une poubelle !

– … sous un arbre déraciné, figure-toi. Il y avait des éclairs partout. Il m'a fallu mon canif à six lames pour les décrocher.

– C'est bon, dit Jimmy, je veux bien accepter les ratiches de ta grand-mère. En échange, on ira voir *La Femme en blanc* vendredi soir. Et après tu dormiras chez moi. Trouve un bon truc pour tes parents, ce coup-là.

Réconciliés, nous restâmes à bavarder un moment sur le palier. *La Femme en blanc* devint *La Femme en soutien-gorge blanc*. Nous envisagions un long séjour au cinéma Bretagne, la séance étant permanente. Avec nous, ce n'était pas une fois en passant qu'elle allait se dégrafer, la petite infirmière, mais jusqu'à la fermeture du cinéma, elle en aurait des crampes. Ensuite, on reviendrait à la maison manger des pizzas minute. Avec du *Coca*. Il y aura Marion ? Arrête avec Marion.

Je n'eus pas à me casser la tête, cette fois, pour imaginer le titre bien pensant du film alibi. Ce fut maman, mon alibi. Elle avait réussi à fléchir papa. Et puisque je tenais tant à voir *La Ruée vers l'or*, je pouvais y aller avec Jimmy qui avait une bonne influence sur ses amis. Je pus commencer à rêver librement. À me demander s'il serait blanc ou noir, le soutien-gorge de Marie-José. Dans les deux cas, elle n'aurait pas soupirant plus attentif que moi.

Vendredi soir, dix-sept heures. Les collèges de Paris ont fermé leurs portes, le cinéma Bretagne ouvert les siennes. Nous sommes au cinquième rang, Jimmy et moi, les deux sièges du milieu. Ça bavarde autour de nous, ça fume, ça donne envie de fumer. Nous mangeons du pop-corn. Comme nous l'espérions, nous jouissons d'une vue à cent quatre-vingts degrés sur la chambrette de Marie-José. On n'attend plus qu'elle, d'ailleurs. J'anticipe, excusez-moi. La séance est prévue dans une minute et le grand film ne commencera qu'après l'entracte.

Il commença. Le générique passé, je fus bel et bien enfermé dans les ténèbres avec mon fantasme vivant : l'affolante Marie-José Nat en gros plan. La blouse blanche, les cheveux noirs, la prunelle de velours, la bouche, les yeux, la respiration, la voix – c'est elle. C'est elle et c'est moi. C'est nous deux, rien que nous deux.

L'épisode enchanteur sur plein écran ne figurait pas dans les premières interminables minutes du film. Ni dans les suivantes. Je distinguais bien deux oiseaux pigeonnants sous la blouse de Marie-José, mais ils ne s'aventuraient jamais hors du nid. Boutonnée trop haut, la blouse d'hôpital. Maniérée comme pas deux, l'infirmière. Elle n'est pas infirmière d'ailleurs, elle est gynécologue, c'est quoi ça ? Qu'est-ce que tu attends, Marie-José ? Tu as fini ta journée, tu dors debout, vas-y, dans ta chambrette, monte te coucher ! Déshabille-toi, Marie-José ! S'il te plaît !

C'est quoi, ce nouvel imprévu ? On l'envoie en salle de travail, maintenant, une urgence. Pile au moment où elle allait enfin pouvoir se dégrafer sans chichi. Je lui emboîte le pas et le film change du tout au tout. Nous longeons des couloirs obscurs, nous franchissons des portes blanches, nous nous dépêchons. Il y a une femme sur l'écran, soudain, elle va mal, qu'est-ce qu'elle fout là ? Elle est allongée bizarrement, elle a peur, elle sue, elle se débat, les cheveux en pagaïe. Mais que se passe-t-il ? Elle hurle entre ses deux jambes nues attachées en l'air sur du métal brillant, les pieds comme des cadavres, on voit une espèce de crapaud sortir on ne sait d'où, poussez madame ! poussez !... Cris des infirmières, cris de la femme, cris perçants du crapaud. La prunelle noire de Marie-José se met à tourbillonner sur l'écran qui chavire, et je dois quitter la salle pour aller vomir.

C'est affalé sous les belles images de Marie-José punaisées aux murs du couloir que j'attends, la fin du film, démoralisé, écœuré de pop-corn. Pour rien au monde, je ne retournerais dans ce cauchemar. Et pour rien au monde, je ne mangerais une pizza.

– Que dalle, me dit Jimmy en sortant furieux. C'est du vol, ce film à la con, pas l'ombre d'un soutien-gorge, on devrait nous rembourser.

– Alors, cette *Ruée vers l'or* ?

On me disait *Ruée vers l'or*, je pensais Marie-José. Je pensais Marie-José : je pensais femme en blanc, hôpital, nausée, crapaud en sous-sol. En ce dimanche matin, je commençais tout juste à récupérer de ma syncope postparturiente.

– C'était bien. Surtout les petits pains dans la cabane du chercheur d'or.

Je m'étais renseigné. Jimmy m'avait décrit les mésaventures de Charlot sur les talons des premiers conquérants du Far West.

– Il fait danser des petits pains au bout de sa fourchette, c'est marrant.

– C'est un moment très savoureux, dit papa.

– Et à part les petits pains ? dit le rusé Bouéboué en plantant sa fourchette dans un croissant.

On prenait le petit déjeuner en famille après la messe de huit heures. Tita venait de partir jouer du piano dans sa chambre. La scène de l'accouchement me hantait. Je ne pouvais pas croire que maman ait dû subir de telles abominations pour avoir ses enfants. Pas maman. Je n'oserais jamais lui poser la question.

– Alors, à part ça ? Ils sont ronds ou carrés, les petits pains ? reprit Bouéboué, goguenard, et il me tapota le dessus de la main avec son croissant, comme on fait sur un xylophone.

– Comme tous les petits pains.

– Je les aime ronds, moi, bien ronds et bien chauds. Et toi ?

– C'est toujours bon, le pain chaud.

– Pas trop non plus.

Bouéboué avait parfaitement compris que je n'étais pas allé voir *La Ruée vers l'or*. Il avait dû m'entendre conspirer avec Jimmy. Peut-être même l'avait-il déjà vu *La Femme en blanc*.

– J'aime bien quand ils creusent la terre avec le grattoir.

– Ils creusent le sol gelé avec un grattoir ?

– J'sais pas le nom. Un outil spécial pour chercheur d'or.

– Une pelle, idiot !

Maman ne disait rien. Elle me regardait bizarrement. On aurait dit qu'elle voyait la femme en blanc dans mes yeux, la femme aux pieds comme des cadavres, le crapaud chiffonné entre les pieds.

– Tu n'as rien d'autre à nous raconter ?

– Madame Beckrich nous a offert des esquimaux.

– Ça bousille les dents, dit papa. Toutes ces cochonneries chimiques américaines !

– Et quand Charlot s'est mis tout nu, dit Bouéboué, ça t'a fait quoi ?

– Hervé, je t'en prie ! dit maman. Si tu dois dire des bêtises pareilles, va travailler.

Moins confiant dans la vie, j'aurais demandé à quitter la table, moi aussi. Je me serais échappé d'une ambiance où flottait sur ma peau cette odeur de soupçon. Et surtout, voyant les uns et les autres s'éclipser, je ne serais pas resté dans la nasse, seul avec papa. Ah, le silence de papa…

– Je peux sortir, papa ?

– Va chercher les dents du squalet. Je t'attends dans mon bureau.

Ce mot de « squalet » me sort par les yeux. Je cours à ma chambre, me jette sur mon lit, ne vois pas cette fois comment réchapper à pareil guêpier. J'attrape sous mon lit mon autre *Van Houten*, ma *Van Houten bis* ornée d'un autre couple de perroquets où sont maintenant stockés mes soixante-dix-huit cartouches et cent vingt-neuf cygnes d'aluminium, les deux seules collections que je sois jamais parvenu à constituer. L'une sent l'encre fanée, l'autre le vin. Est-ce que Dieu existait, oui ou non ? C'est maintenant, mon Dieu. C'est maintenant qu'il vous faut métamorphoser mon fourbi en mandibules de chien de mer. Dieu continue d'exister à sa manière, et papa à la sienne quand j'arrive à son bureau :

– Regarde-moi, petit vieux.

Ça commence toujours par les yeux, avec papa, le regard. Il se prend pour une voyante avec les yeux d'un menteur. Il regarde son regard, il sait tout sur son âme et conscience, il ne lui reste plus qu'à fixer le tarif du châtiment.

– Tu es vraiment allé voir Charlot ?

– Oui papa.

– Tu peux me jurer sur la tête de ta chère maman que tu es allé voir Charlot ? *La Ruée vers l'or ?*

– Oui papa. Je le jure.

Il fronça les sourcils devant ma main tendue, enchaîna sur une autre question croc-en-jambe.

– Où est ton appareil dentaire ? Avec les dents du squalet ?

Il se croit drôle, en plus.

Je l'ai enlevé au lycée Buffon l'autre jour, mon écarteur d'incisives, pour mâcher librement des malabars. Un copain m'en a passé un vieux à lui pour m'éviter des ennuis avec papa, mais je ne sais plus ce que j'en ai fait. En plus, il n'entrait pas dans ma bouche. Entre mon appareil dentaire et les dents du squalet, j'ai l'impression d'être le fruit de l'imagination d'un dentiste perturbé.

– Et les dents du squalet ?

– Aussi.

– Aussi ?

– Oui.

Charlot, mon appareil, les dents du squalet. Si ça continue, il va me parler du soutien-gorge de Marie-José Nat et je n'aurais plus qu'à me jeter par la fenêtre.

– Oui, dans son coffre-fort. Ils ont un coffre-fort pour les objets précieux.

Une veine enfle sur son cou, le bleu noircit dans ses yeux. Si j'osais, je dirais qu'il a un problème de déglutition.

– Trois cents millions d'années, me dit-il d'une voix qui prend son élan dans la nuit des âges, trois cents millions ! Tu viens de jeter trois cents millions d'années par les fenêtres ! Je te donne jusqu'à demain pour me les rapporter en main propre ! Demain soir, tu m'entends ? Demain soir je les veux sur mon bureau. Qu'il n'en…

Il n'eut pas le temps de finir sa phrase, d'éructer son *Raus !* ou pire. Un miracle se produisit sous mes yeux et Dieu me fit un pied de nez. Le téléphone sonnait sur le bureau et papa répondit « allô », d'un ton radouci, papa répondit « oui, oui, mon passeport est à jour, mes vaccins sont à jour, paludisme et tétanos, oui, mais bien sûr, costume clair léger, baume à lèvres… Comment dites-vous ?… »

10
Papa au Congo

Tintin
rime avec crétin.
(Propos de papa…)

Le lendemain, soit le 7 novembre 1960 à midi et demi, vit papa boucler en sifflotant sa grande valise en peau de porc. J'entendis claquer les fermoirs de laiton, tourner la clé par deux fois. Il s'absentait pour un mois et demi. Il enfila son pardessus gris à chevrons, se racla la gorge et kenavo. À bientôt, belle poupée, à bientôt Henri. Maman reçoit un baiser au front, moi sans doute un aussi, papa disparaît dans l'ascenseur. Par la fenêtre du salon, je regarde le chauffeur du taxi charger la valise dans sa malle arrière et papa prendre place à bord de la « caisse à roues », je vois sa main gantée de noir tirer la portière et subitement il n'est plus là. Il n'est plus qu'un taxi rouge et noir en route pour l'aéroport du Bourget. J'éprouve une sensation mélangée de vide et d'apaisement. Je ne risque plus de croiser son regard, d'entendre sa voix vociférer mon nom, son souffle m'incendier. Il va me manquer.

– Il part où ?

– En Afrique Noire, mon biquet, une tournée de conférences pour l'Alliance française.

Youkou ! me dis-je en langage enfantin, pas de fessée, pas de sermon, fini les « menteur » et compagnie. Un soulagement aussi délicieux que celui d'échapper à la piqûre des vaccins. Plus d'un mois sans papa, c'est trop beau. Je vais enfin pouvoir fouiller son bureau. Me sentir chez moi.

– Mais ne t'inquiète pas, il sera rentré bien avant Noël.

Ce jour-là, nous passâmes à table à dix heures du soir. Nous mangeâmes des croque-monsieur et du riz au four. Nous passâmes au salon. Maman chanta la *Jeune Hindoue* au piano, Tita chanta, Hervé, Tanguy, moi, tout le monde chanta la *Jeune Hindoue*, dansa l'enfant des parias dans les grands mimosas. Si bien que les voisins se mirent à taper au plancher, au plafond, à la porte, appelant la police, les pompiers, suppliant, hurlant, ne sachant plus à quel syndic se vouer pour empêcher l'enfant des parias de détaler sur la mousse, sa clochette à la main.

– Il est bien tard, soupira maman, regardant fumer sa gauloise entre ses doigts. Son avion a dû se poser à Yamoussoukro.

– C'est quoi, ça, Yamoussoumachin ?

– Yamoussoukro. La capitale de la Côte d'Ivoire.

Je fus réveillé par des tam-tams au cours de la nuit… L'Afrique Noire… Le pays des Noirs… Papa tout blanc chez les tout noirs. On ne verrait que lui là-bas. La fille aînée de la concierge, Huguette, avait un fiancé noir cirage avec une montre d'or à chaînette, toujours tiré à quatre épingles. Il parfumait tout l'immeuble, on ne voyait que lui. Le complet-veston leur va si bien, disait maman. Il a du sang breton, disait papa. Moi je trouvais qu'il avait une sacrée chance, le Noir, pour un Noir breton, Huguette était tellement jolie, d'une blancheur de lys.

Au cours de son périple africain, papa prendrait vingt-neuf fois l'avion. Vingt-neuf moteurs, vingt-neuf décollages, vingt-neuf atterrissages, et je ne sais combien d'hélices. C'étaient les Noirs qui pilotaient les avions, là-bas ? Là-haut ? En complet veston ? Je pressai ma poire électrique, attrapai sous mon lit *Tintin au Congo*. Je n'avais que *Tintin au Congo* pour me figurer papa dans ses vingt-neuf avions survolant les océans d'Afrique, les déserts, les tigres mangeurs d'hommes, les singes armés de noix de coco, les mouches tsé-tsé, les serpents, et, le soir, tombant en panne à l'entrée d'un village en terre cuite, leur hélice tordue coincée dans une rivière à crocodiles goguenards. Papa ressemblait à Tintin. La mèche, la valise jaune à rivets, le pantalon trop court, le sourcil méfiant, la bouche petite, comme effacée d'un coup de langue. Le nez ? Papa avait un grand nez, pas Tintin. Tintin gagnait toujours contre les méchants, qu'il y eût vingt-neuf, trente ou quarante avions fusillés par des malfaiteurs en culotte de cavalerie. À la toute fin, Tintin rentrait de Port-Saïd ou New York en paquebot, et il prenait la parole à la radio pour le monde entier.

Papa lui aussi rentrerait d'Afrique en paquebot. Il croiserait Tintin sur le pont-promenade et dirait : tiens, mon sosie ! Et chacun des deux saluerait l'autre en premier. J'avais moins peur avec les paquebots qu'avec les avions. Je n'avais aucun épisode de Tintin où l'on voyait un paquebot faire naufrage, alors qu'un avion s'écrasait dans un album sur deux.

Rasséréné par la bonne étoile de ces deux larrons jumeaux aux pantalons trop courts, je m'endormis lumière allumée, l'album de *Tintin au Congo* sous la main. D'ordinaire papa me confisquait son sosie, le déchirait en mille morceaux, page après page, furieux que la couverture de carton lui résistât et qu'il dût se contenter de la saccager. Il n'appréciait visiblement pas d'avoir un sosie plus célèbre que lui. Mais moi je le cachais jalousement, mon *Tintin au Congo*. J'y tenais comme à la prunelle des yeux de papa. De papa au Congo, à Yamoussoukro.

Le lendemain soir, le dîner fini, la vaisselle rangée, maman partie se coucher, je profanai l'interdit des interdits – le Bureau. Vous pénétrez dans le Bureau par le petit salon, et comme il fait noir, vous actionnez la chaînette à déclic de la lampe qui répand sa lumière, vaguement abyssale. Rien de surprenant de la part de cette méduse de verre à pied de cuivre, laquelle ne réagit pas toujours à son propre déclic. Autour de vous, ce ne sont pas des monstres marins (encore que), mais un bric-à-brac de personnages assoupis dans l'ombre, parfaitement inoffensifs. Soyez sans crainte si vous les entendez bâiller ou grommeler : ce sont des personnages en attente du maître absent, il leur arrive de s'entraîner, de tuer le temps, de jalouser leur ombre ou de crier leur amour, appeler au secours, d'agir comme tous les personnages de roman, de tuer si c'est nécessaire, ou de pardonner. Derrière eux, logés à l'étroit dans des bibliothèques aux rayonnages ployés, des centaines de bouquins grimpent jusqu'au plafond, débordent sur le plancher, doux comme des agneaux. Plus menaçante la respiration en suspens de l'ogre des lieux qui peut débarquer d'une seconde à l'autre, sait-on jamais : sortir en plein vol de l'avion d'Afrique et prendre la main dans le sac le misérable saligaud ayant osé violer son domaine.

C'est de moi qu'il s'agit. C'est une soupière, le sac où j'aime à plonger la main. Elle est bise, elle est fendillée, elle brille à la manière d'un œil dans l'obscurité, posée sur l'armoire aux manuscrits. Elle contient du vide et du vent, et sans doute un vieux fil d'horizon bobiné sur un cœur d'enfant. On n'y touche pas, à la soupière, conseil d'ami. Et pas touche à l'horizon, s'il vous brûlait !

Mon cœur pompe à grands coups un sang passionné, j'ai peur, une peur de cinéma car je ne risque rien. Je m'attable entre les bras ballants du vieux veston *Roberty* suspendu à la chaise de papa, et comme lui chevalier de la Légion d'honneur, le ruban rouge. Je m'enivre de l'odeur de papa, je dis merci, pardon, conscient de mal agir comme on dit chez nous, à deux doigts du péché mortel.

Au beau milieu du rond de lumière projeté par la méduse, le manuscrit du roman inachevé, comme une claire farine étalée. D'un côté le tas des feuilles vierges, de l'autre celui des feuilles irradiées par la voix du médium, enivrées de mots bleu marin – tous en charge d'un cri au-delà des sons. C'est numéroté dans les coins, en bas à droite, une calligraphie d'imprimeur. Même les « vierges » sont numérotées, ce qui nous fait un harem de 397 pages : 397, oui, pas 400, comme si l'intégralité du roman figurait déjà sur la page intérieure de papa, et qu'il savait quel jour, à quelle heure, il verrait se dandiner sur l'horizon la bouée du mot FIN.

Papa s'est arrêté à la page 46 : l'année de la naissance d'Hervé. Son écriture est fine, régulière, tirée par une invisible fourmi. Rien ne l'arrête, la fourmi. Elle s'essuie les pattes ici, pond l'œuf du point final ailleurs. Page 46 elle se fait la belle à mi-pente, laissant la phrase en suspens sur un précipice, tout le roman. Je lis : « L'île ne regretterait pas la solitude et se recueillerait dans l'ermitage des… »

L'ermitage des quoi, des qui ? C'est quoi, un ermitage, un ermite ? Pas de *Waterman* en vue… Je vais chercher mon *Iridium* de Prisunic à plume de fer. Je reviens compléter la phrase à cloche-pied : « L'île ne regretterait pas la solitude et se recueillerait dans l'ermitage des bonnes sœurs et des moines. » Du grand art, non ?… J'en ai les larmes aux yeux. Ça y est, je suis l'auteur d'une phrase entière de papa. « L'ermitage des bonnes sœurs et des moines », il n'aurait pas fait mieux, Victor Hugo non plus. Je faillis en parler à maman. À Jimmy. À Tita. Oui, je venais de rendre un signalé service à l'auteur de mes jours. Le style était parfaitement imité, il n'y verrait que du feu. À sa parution, le roman s'appelait *La Faute de Monseigneur*. Zola avait écrit *La Faute de l'abbé Mouret.* Papa faisait nettement mieux avec son « Monseigneur ». J'eus du mal à retrouver ma page 46 devenue tout bêtement la page 33. J'ai beau chercher ma phrase à moi, la pioche du démolisseur est passée par là, elle a disparu. Ah la voilà. Mais qu'est-ce que ça signifie ? Comment a-t-il osé la défigurer ? Je la relis, rouge de honte : « L'île ne regretterait pas la solitude et se recueillerait dans l'ermitage des tempêtes. »

L'ermitage des tempêtes, ridicule. À part ça, papa osait dire qu'il n'avait pas une dent contre moi !

11
Quo Vadis

LES PREMIERS JOURS, je n'eus qu'à me louer de l'absence de papa. Je suis chez moi, dans son Bureau. Je l'inspecte à fond, son Bureau, puits de silence où la vie cache son jeu. Veston, soupière, armoire, classeurs, correspondance, courrier récent, relevés bancaires, rien n'échappe à mon coup d'œil de pirate. Accoutré du veston *Roberty* à Légion d'honneur, je lis les brouillons des lettres d'amour à maman lorsqu'ils étaient fiancés, les lettres de feu son frère Jean sous l'Occupation, de sa mère enterrée deux ans avant ma naissance, de sa touk touk de sœur Jeanne à long nez (l'égérie des vieux aumôniers), les poèmes de sa période suédoise au cours des années trente, quand lecteur à l'université d'Uppsala il en pinçait pour une étudiante aux cheveux d'or pâle, une certaine Ovë Brandt. Pleuvent sur mes genoux des rognures de crayons taillés au canif bien avant l'Anschluss, des cadavres de pétales de coquelicots scandinaves, de moustiques et autres insignifiances volantes aux ailes de poussière et d'oubli.

Je veux tout savoir de papa, je lis en douce les fines lettres *via air mail* que maman reçoit d'Afrique tous les deux jours. Où les cache-t-elle ? Dans un vieux sac en peau de crocodile, symbole sinistre pour moi. Je ne savais pas que papa disait des mots d'amour à maman. Les mêmes que ceux des brochures et romans-photos. C'est fou, ce qu'il lui dit. J'en suis gêné, presque malheureux, pas loin d'en vouloir à maman d'écouter ça.

Pour elle aussi l'absence de papa est une aubaine, au début. « L'appartement a besoin de petits travaux d'embellissement, mon biquet. Tu es bricoleur et je sais que je peux compter sur ton habileté. » Il n'en peut plus, l'appartement. Il grince, il rouille, il fuit, dépérit de toutes ses peintures asphyxiées de soleil, de ses fenêtres calfatées au coton hydrophile, de ses prises électriques dont au moins deux sur trois font sauter les plombs : quant aux robinets chromés à l'origine, ils ont pris un peu partout la couleur atypique des anciens fromages blancs.

Maman et moi retapissons la chambre de Tita, d'un papier bleu azur à motifs de voiliers. Nous ripolinons la cuisine au bleu ciel et le couloir au vert Nil, deux coloris soldés se targuant de leur formule « au caoutchouc », lavable à volonté. Non moins soldée la chute de moquette synthétique ni rouge ni marron que nous clouons à la « semence de tapissier » dans l'entrée, en nous râpant les genoux au sang. (« Semence de tapissier » : je ne jurerais pas que maman a repéré la note un tant soit peu grivoise de cette appellation pourtant sans équivoque).

« Ton papa sera fou de joie, mon biquet », dit maman qui passe en revue les travaux finis, pour la centième fois, comme insensible aux émanations chimiques des lieux. Maman rêve d'un mari qui contiendrait deux maris : le même dans les deux cas, son mari écrivain redoublé d'un mari tapissier qui dirait en voyant l'appartement rénové par nos soins : « C'est d'une élégance, belle poupée, cette moquette ni rouge ni marron, et comme tu l'as bien clouée. Et ce bleu dans la cuisine, on dirait le bleu du ciel de Belle-Isle-en-Mer vu par Gauguin. Et quelle subtilité, ce papier peint, quel doigté il vous a fallu pour l'appliquer avec cette régularité digne d'un Cortot !... C'est quelque chose pour un romancier, tu sais, ça le touche au cœur, merci... Ce petit air bourgeois n'est pas non plus pour me déplaire, je vois d'ici blêmir qui tu sais... » Maman rêve, sourit. Au mieux, papa s'abstiendra de toute allusion aux changements opérés par sa « belle poupée ». Au pire, il marmottera dans sa barbe : « Idéal de quincaillier ! » puis il boudera le temps d'oublier la trahison. Selon toute probabilité, il ne s'apercevra de rien. Papa ne s'apercevait de rien, mais gare à nous s'il détectait le plus petit signe d'intrusion dans son bureau, si l'odeur se mâtinait d'une molécule étrangère. L'odeur vitale du souvenir autour du manuscrit en cours. L'odeur matricielle du Brest perdu.

En attendant, maman tient à récompenser mon dévouement filial. Tous en profitent à la maison. Un jeudi, nous voilà partis en famille au cinéma Gaumont-Alésia. On joue *Les Dix Commandements*, un film avec

Charlton Heston, les biscoteaux inondés de sueur, avec de jolies dames aux épaules nues, leurs vaccins à jour en haut du bras gauche, avec de vrais lions et un vrai Dieu couleur d'orage, aussi terrifiant pour les spectateurs que les Hébreux en fuite. Nous enchaînons dans la soirée avec quatre heures de *Ben-Hur* au Gaumont-Palace, toujours Charlton Heston et ses biscoteaux en sueur, et toujours Dieu, mais cette fois dans le rôle de Jésus sur la Croix. C'est triste, on dort un peu quand il revient à lui dans la grotte. On sort de là christianisés à vomir, saouls d'épuisement judéo-sulpicien, bredouillant un mélange de latin et d'espéranto, bénissant les clochards du dernier métro, moi décidé à lacérer mes draps pour me déguiser en conducteur de char et pourquoi pas en crucifix.

Décidément la vie sans papa ne manque pas d'attraits. Chaque soir, au dîner, c'est grenadine-limonade à volonté, vin d'*asti* pour maman et Bouéboué. Chaque soir, en cercle autour du piano, nous déployons des récitals d'opéra qui jettent nos voisins désemparés dans un rêve de marteau-piqueur.

Début décembre, un mal étrange s'empara du 52. Papa nous manquait. Il nous manqua un peu, beaucoup, passionnément. On fit amende honorable après tant d'euphorie, de peintures au caoutchouc, de papiers peints fantaisie. On dîna bien à l'heure, on réserva la limonade aux grandes occasions, on parla moins fort, le piano se tut au coucher du soleil et l'aspirateur resta muselé dans la penderie. De moi-même, je descendis en chaussons de lisière chez les Dupuy : « Excusez-nous pour le dérangement », puis je montai chez les Chaintron : « Mille excuses », et pareil avec le bon Dieu : « Pardonnez-moi ». J'avais grandement besoin de lui pour graisser les derniers tours d'hélice des avions africains. Un moment déjà qu'il ne m'entendait plus chanter sa Gloire aux cabinets, messe de mariage ou funérailles. D'un jour à l'autre, il ne me vit plus respirer l'horizon marin dans la soupière aux mirages, ni recopier en veston d'avant-guerre les poèmes d'amour de papa. Maman comptait les jours, les barrait sur le calendrier des pompiers au-dessus du fourneau.

Quand le courrier africain tardait, elle accusait un peu la concierge, un peu le facteur, puis nous lisait au dîner une lettre qu'elle nous avait déjà lue, la réactualisant d'une voix par trop enjouée. Sonnait-on à la porte, elle tressaillait, prête à bondir : Et si jamais c'était lui ? Si c'était un mauvais télégramme ? Va ouvrir, mon biquet. Demande qui c'est.

La nuit, j'entends papa marcher le long du couloir sur des kilomètres d'insomnie. Je l'entends parler avec maman, j'entends rire maman : Ouf ! Il est enfin rentré, je ne rêve pas. J'entends résonner derrière le mur le *swing* endiablé du *Good-bye Pa Good-bye Ma* qu'il jouait à Brest pour ses frangines, aux temps héroïques du *fox-trot* et du *charleston*. J'en ai des suées : ça va barder chez les Dupuy, j'irai m'excuser demain. Je suis souvent réveillé par le tintement du rasoir Gillette agité dans la conque fendillée du lavabo (sans cesse bouché). J'y vais, j'allume, je me vois surgir au fond d'un miroir éraillé, l'air d'un fantôme environné du matériel cosmétique de papa. Je ne suis pas plus tôt recouché que le Gillette remet ça.

Le 13 décembre, grande nouvelle *via air mail* : la conférence de Dakar s'annulait, papa rentrait le 20 par le vol de 18 h 30. « *Une délégation de l'Alliance française viendra m'attendre à l'aérogare des Invalides. Cela m'épargnera les frais d'un taxi parisien. Tu n'auras pas besoin de te déplacer. J'arriverai à la maison pour le dîner.* » Mais le 15 au matin, fouillant le sac de maman, je lus cette lettre qui m'anéantit :

Libreville, Gabon,
11 décembre 1960.

Ma grande chérie,

Je vous espère en grande forme, les enfants et toi. Que je te raconte un incident technique sans gravité. Hier soir, au décollage du Tchad, quatre de nos huit roues ont laissé leur gomme sur le bitume de N'Djamena. À bord, on ne s'est rendu compte de rien. Air France nous a offert le champagne du bon courage avant notre descente sur Libreville. Atterrissage un peu secoué. Les ingénieurs de Paris sont attendus avec du matériel de rechange. On nous a parlé d'un retard de quarante-huit heures, mais l'Afrique a tout son temps et donc le nôtre le cas échéant. J'ai néanmoins le raisonnable espoir d'être parmi vous avant Noël, peut-être le 20 malgré tout. Auquel cas rien de changé quant aux horaires annoncés. Je te tiendrai informée. Tu peux imaginer, ma grande chérie, combien ce, etc.

L'horreur ! Si les roues des avions jouent les caramels mous sur les pistes chaudes, aucune raison pour que les hélices ne se décrochent pas sous l'action du vent. Tout se passait trop bien jusque-là. Papa décollait, atterrissait, écrivait – les avions volaient, c'est tout juste si les moteurs avaient besoin d'essence. *Je te tiendrai informée*. Encore faut-il que l'information parvienne à bon port. Qu'une lettre ait du retard un seul jour, désormais, et je verrai les avions en feu tomber dans la mer, les crocodiles manger des passagers attachés sur leur fauteuil, et parmi les passagers…

J'attendis le bon moment pour me confier à maman. Je voyais bien qu'elle était dans la lune, qu'elle m'évitait. Elle passait beaucoup de temps à fumer des gauloises sur le balcon, tournée vers l'ouest, vers Orly. Elle en avait assez de l'absence de papa. C'était fini *Ben-Hur*, *Moïse*, la *Jeune Hindoue*, la grenadine, l'*asti*, elle se rongeait les sangs. À qui parler ? Aux amis bien sûr, les amis sont là pour écouter les amis, les réconforter. Mais l'inconvénient des amis, c'est qu'il s'en trouve toujours un pour décocher sa petite flèche de velours, et l'on ne sait jamais lequel à l'avance. Alors, on ne dit rien aux amis.

Le 19 il avait neigé toute la nuit, une mince couche de flocons faisait briller d'un éclat d'argent les platanes de l'avenue. Toute la journée j'eus l'impression d'un grand silence autour de moi. À mon retour du lycée, je trouvai maman dans la cuisine, tournée vers le balcon. Elle m'attendait pour goûter. Une coutume entre nous depuis mon premier café au lait à l'âge de quatre ans. Je l'embrassai, m'attablai.

– Une lettre de papa ?

– Non, dit maman d'une voix fatiguée.

Pas de lettre le 16, le 17, le 18, et pas de lettre aujourd'hui. Nous regardions tous les deux la porte vitrée du balcon. C'est neige et nuit noire au-dehors, avec de la blancheur ourlant le bas des carreaux.

– Il n'a pas dit qu'il rentrait demain ?

Elle se mordit la lèvre, alluma sa gauloise et me raconta l'histoire des roues fondues. On aurait dit qu'elle parlait des pneus à plat d'un vélo d'enfant. Elle cherchait à me rassurer pour ne pas s'angoisser davantage en présentant les choses comme il semblait qu'elles étaient dans nos imaginations délirantes. On se fait vite des idées quand on a peur. Ça vous court sur la peau jusqu'aux dents.

– Il sera là pour Noël ?

– Pour Noël, dit-elle d'un ton rêveur, pour Noël, et là-bas dans la vitre noire où tombait la neige apparut le sourire de Tzigane de maman.

J'ai sa main sur la mienne :

– Demain soir, mon chéri, tu pourrais peut-être aller faire un tour à l'aérogare des Invalides.

J'y suis, le 20, à l'aérogare, j'y suis pour rien. *Idem* les deux jours suivants. J'attends sur un banc de métal incliné sous le grand tableau noir des arrivées qui fait cliqueter au-dessus de moi les pays du monde entier, les chauds, les froids du Nord et du Sud, l'Afrique de partout, les Amériques et les Indes, l'île au Trésor. J'entends planer la douce voix des filles AIR FRANCE dans les haut-parleurs. Je vois passer des gens comme je n'en ai vu nulle part ailleurs : grands, bronzés, petits, ronds, étroits, beaux, moches, anneaux d'oreilles, tignasses blondes, moustaches, liquettes bariolées des hommes en robe, des femmes voilées. Je cherche en vain la valise en peau de porc dans ce remue-ménage de rescapés. Régulièrement, calot sur le front, une hôtesse de l'air bleu ciel fend la cohue, claquant du talon, me tirant l'œil à l'arracher.

Je rentre tard à la maison, de plus en plus tard. Je reviens sans papa, j'ai honte. Maman m'attend devant l'ascenseur la gauloise aux doigts, en chemise de nuit. Les restes carbonisés des *Super Constellation* s'entassent sur le palier. Ni maman ni moi n'osons regarder à l'intérieur.

Le 24, bravant une soupe de flocons à moitié fondus, je faisais du patin à roulettes sur l'avenue du Parc avec Jimmy. Il prit des nouvelles de mon père. Il en prenait d'autant plus volontiers qu'il me voyait réticent à les donner. Il n'admettait pas que je puisse avoir peur des avions. Chez eux, au Nouveau-Mexique, les avions faisaient partie de la famille, comme chez nous les autos.

Les avions tombaient quand ils tombaient. « C'est l'homme qui est dangereux, pas l'avion ». Son oncle Jones était tombé dans la baie de Sausalito. Une belle mort. Il survolait des surfeuses avec son DC 9.

– Marcel Cerdan, le champion du monde en mi-lourd, tu connais ?

– Bien sûr.

Le nom me disait quelque chose, rien de précis.

– C'est en 49 qu'il est mort aux Açores dans un accident d'avion.

– Et alors ?

– Je trouve que ta mère ressemble à Édith Piaf, tu connais ?

– J'aime bien, ouais. Pourquoi tu dis ça ?

– Un air de famille, c'est tout. Et puis t'es né en 49.

Je remontai à la maison fou de peur, brouillé une fois de plus avec Jimmy. Des nouvelles rassurantes m'attendaient là-haut. Trois lettres étaient arrivées en même temps. Tout le monde allait bien, les hélices tournaient rond. Papa avait dû prolonger d'une semaine sa visite au Sénégal, le président Senghor étant son labadens de la rue d'Ulm. Il serait à Paris autour du 1er janvier. Il espérait que le *négligé* ne donnait pas trop de fil à retordre à sa grande chérie. Il tenait à trouver mon bulletin trimestriel sur son bureau dès qu'il arriverait.

Il n'avait plus guère de secrets pour moi, son Bureau, en cette veille de Noël 1960. Je lui fis mes adieux le soir de Noël, avant la messe de minuit. Je voulais m'assurer que j'avais bien effacé toutes les traces de mes allées et venues. Quel papier n'avais-je pas retourné plus d'un mois durant ? Je relus avec émotion la phrase du manuscrit dont j'étais l'auteur pour l'éternité. Je fis disparaître mon bulletin sous la pile bien ordonnée des relevés de banque CCF (Eh ! Le compte de papa est créditeur de 2235 nouveaux francs, on est riches). Quelques heures de gagnées sur la fessée que me vaudrait l'état général de mes notes – rien de moins qu'alarmant sauf en sport – et ce passage en conseil de discipline (assorti d'un blâme), pour insolences envers M. Laubreau professeur d'histoire et géographie [1].

Pour la dernière fois de l'année, je feuilletai l'agenda *Quo Vadis* à ressort doré 1960 dont les rendez-vous me semblaient à peu près tous indignes d'un grand romancier : Cordonnier, Pharmacie, Dentiste – *« Dentes curat et extrahit »* – Costumier pour pays tropicaux, Poste, Banque, Marche en forêt, Messe, Billets SNCF, Veaux, Vaches, Cochons, Sardines…

La dernière page me fait battre le cœur, juste avant la série des codes départementaux. Elle m'avait échappé, celle-là, on change de millésime.

---

1. Voici notre échange litigieux en classe, moi interrogé au tableau :
– Comment vivait-on sous la Rome antique ?
– Ça dépendait.
– L'alimentation des patriciens, vous pouvez nous en parler ?
– Pour la boisson, c'était particulier.
– Ah oui ?… Comment buvaient les Romains ?
– À petites gorgées.

1er janvier 1961.
15 h 30 : Le Chouan.

C'est la meilleure. Le Chouan c'est moi. Un surnom imaginé par ma tante Jeanne le soir de ma naissance à la clinique Sainte-Félicité. Les bras m'en tombent. Le *Quo Vadis* s'intéresse à ma personne, me consacre du temps, me donne rendez-vous le jour de l'An. Bonne année, papa !

S'il te plaît, papa, bonne année, je t'en supplie…

12
Albatros

On va chez mes grands-parents maternels, au jour de l'An, c'est rituel. Ils habitent au 116, boulevard Raspail, quatrième étage, ascenseur hydraulique, moquette rouge. C'est grand, là-bas, dans les trois cents mètres carrés, des WC partout, deux pianos à queue, une harpe, une longue-vue. On est heureux d'y aller. On déferle à trente ou quarante cousins, les Parisiens, les Bretons, la Méditerranée. On vient chercher nos étrennes au pied du sapin. Deux cantatrices, deux vieilles folles de Chaillot aident grand-mère à réceptionner l'invasion : Antoinette et Marlène, jumelles fauchées, hautes et dignes veuves à la chevelure de noix de coco, qui sentent un peu des bras. On ne leur demande pas de chanter, mais elles poussent leurs vocalises en faisant la vaisselle toute la journée. Elles pensent que c'est bien vu dans une famille où la musique a l'air de faire des heureux. Celle qui lave est plus en voix que celle qui essuie, notamment dans le *Duo des Chats*, leur tube. « Pas trop fort, leur dit grand-mère, à cause des voisins. » C'est juste que mon oncle Robert, un compositeur des plus anodins, trouve qu'elles chantent faux. Il n'y a que les chats pour miauler correctement, dit-il. Et même eux on les foutrait bien par la fenêtre.

La fête dure la journée. Jusqu'à plus soif, plus faim. Il fait nuit depuis un moment quand on sort le dernier magnum, un demi-sec fraîchi dans une baignoire débordant des glaçons rocailleux du poissonnier brestois livreur de homards. Et soudain c'est fini, c'est plié, c'est chagrin, la débandade. Place au bicarbonate, aux dragées alcalines, aux adieux pessimistes sur le palier – et surtout la santé ! La santé ! Adieu, mille fois adieu ! Merci !

Papa n'y est pas, le 1er janvier 1961, au 116. Il devait arriver par le vol du matin, mais non. L'Afrique a du retard, l'avion doit lutter contre un vent déchaîné toujours un peu nord-sud à cette époque de l'année. Je ne vous dis pas l'ambiance autour des saucisses cocktail et des bulles. Henri Queffélec n'est pas là, dommage, tellement dommage, oh ! Ma pauvre bichette... Dommage oui, dommage non. Ça dépend pour qui. Il en sait quand même un peu beaucoup sur tous les sujets, le beauf. Histoire, politique, religion, géographie, planning familial, astronomie, collaboration, guerre, il a réponse à tout ! Modeste avec ça, laissant jacter qui veut, n'intervenant que sur demande expresse de la compagnie, s'excusant platement d'avoir raison. Capable de s'excuser en latin, en grec. Une encyclopédie sur pattes, dit l'oncle Robert. On la flanquerait bien par le balcon, elle aussi, comme les duettistes ! Il faut voir maman, le petit-lait qu'elle boit lorsque son homme commence à l'ouvrir, à jouer des yeux bleus.

Un gendre sympathique, insaisissable… Quand sa fille se met au piano, pour le bonheur de tous, il part bouder au fond de l'appartement au motif qu'une pianiste, même à onze ans, même en famille, n'est pas un singe savant. Il y va fort, papa. J'ai beau aller au cirque à l'Aber, à Brest, depuis tout petit, je n'ai encore jamais entendu un singe jouer les *Études symphoniques* de Schumann.

En attendant il n'est pas là, le fort en thème, retenu quelque part dans les nuages, et ça n'empêche pas le champagne de couler à flots sur le Nouvel An 1961.

– Tu sais ce qui me ferait plaisir, mon chéri ?… Que tu ailles faire un tour à l'aérogare en fin de journée.

Il est quinze heures trente, en ce jour de l'An 61. J'ai sous les yeux la trotteuse immobilisée d'une montre suisse plaquée or. Elle est morte, elle est neuve. Gagnée au mérite par mon cousin Yves (il a décroché son premier tableau d'honneur à Montaigne et grand-mère en a tenu compte) (Moi, avec mon second blâme à Buffon, je n'ai eu que ce que je méritais : un train mécanique à deux wagons mauves et six rails de fer-blanc, le chasse-bestiaux et la fumée peints directement sur la loco *Baldwin*). La montre gît sur le trottoir, le verre fendu, aucun Samu ne la relèverait d'un pareil coma. Yves et moi venons de la défenestrer d'un commun accord. Tels deux chefs de guerre au soir d'un accrochage à l'issue douteuse, nous sommes descendus au résultat. On peut dire que pour nous l'année commence en fanfare.

Le Temps, dont le bruit court qu'il serait « tintement à l'oreille », ne tinte plus, ne bouge plus d'un instant. Il faut dire que nous l'avons soigné ! La Suisse est en deuil. Elle a brillamment passé le test *waterproof* en milieu froid (rincée à l'eau froide), en milieu chaud (rincée à l'eau chaude), en milieu glacé (plongée dans la baignoire de grand-mère avec les glaçons du poissonnier), brillamment passé le test de résistance aux chocs mous (baffée par nos semelles de crêpe, RAS), hélas elle a tenté le test de résistance aux chocs durs, le saut de la mort, – le test de trop ! Comme quoi les garanties des meilleurs horlogers ont leurs limites, et même en Suisse il est plus tard que tu ne penses !

Yves, en pleurs, avançait la main vers la dépouille de son invulnérable chronomètre genevois, lorsqu'un badaud s'intéressa à moi :

– Qu'est-ce que tu fais dehors les bras nus ?

Cette voix, cette respiration… Mon sang fait des loopings – Papa. Et moi qui croyais qu'il était mort, dis donc ! Gants noirs, pardessus gris à chevrons, exactement la même tenue que le jour du départ en taxi, les mêmes yeux. Il est vivant, il a passé tous les tests que je viens d'infliger à la montre et sûrement bien d'autres. Cruelle ironie du sort qui fait se crasher l'horlogerie suisse en plein Paris, cependant que l'aviation africaine se pose en temps, en heure, sans l'ombre d'une égratignure.

– Bonne année, papa ! (de mon air le plus avenant, de mes oreilles les plus décollées.) Tu es rentré ?

– Bonne année, p'tit vieux. Va chercher ton duffle-coat.

– Je n'ai pas froid. D'ailleurs je dois remonter.

– Vas-y, fais vite et redescends.

– Pour faire quoi ?

– T'occupe pas du chapeau de la gamine !

Je monte chercher mon manteau, mon train, mes bonbons, le premier janvier s'est égaillé dans l'appartement, les cantatrices miaulent ici, Yves se lamente ailleurs, Tita joue du piano, ils sont tous massés autour du Pleyel, maman n'a d'yeux que pour le Mozart qu'elle sait jouer aussi bien que l'enfant prodige, et tel est son ravissement qu'elle n'entend pas mes chuchotis angoissés. Je redescends, le moral entamé d'un soupçon qui n'a rien d'avenant. Papa m'attend sous le porche du 116. Je me demande où est sa valise ? S'il est passé au 52 ? S'il a déjà vu maman ? S'il est au courant pour nos petits travaux ménagers dont l'odeur *sui generis*, loin de s'en aller, a fini par s'incruster chez nous ?

Ce qu'il me veut ? Aurais-je la réponse, je mouillerais ma culotte. Je saurais que je suis en train de marcher d'un pas innocent vers ce qui deviendrait le pire souvenir de mon enfance.

– On va où, papa ?

– Présenter nos vœux à Baudelaire, petit vieux, au cimetière Montparnasse.

Je vous laisse imaginer mon état d'esprit. Tu as fait quoi le jour de l'An ? Oh, je suis allé présenter mes vœux à Charles Baudelaire. Au cimetière.

Et nous y allons, nous y sommes, il pleuvote, les allées sont comme les rues d'un village où papa ne compte que des amis. Ni fleurs du mal ni d'aucune sorte autour de la chapelle funéraire du plus grand des maudits, aucun albatros prosterné. Mains jointes, papa se met à réciter *Spleen* que je récite avec lui sans qu'il juge utile de s'en épater. Chez nous Baudelaire est chez lui comme Hugo, Mozart, Van Gogh, Gévéor, Pomerol ou Préfontaines. Les petits protégés de papa, ils sont quelques-uns.

À peine sorti du village aux absents par la rue Froidevaux, papa tombe en arrêt devant une pissotière publique Saint-Raphaël environnée de son fumet standard. « Ah, p'tit vieux ! Si tu permets, nous pourrions rétablir nos équilibres hydrostatiques. »

Expression sensationnelle de papa – digne d'un capitaine de cuirassé en train d'étalonner ses compas sous le fort de Bertheaume – pour éviter les verbes uriner ou pisser, ceux-là réservés à la visite médicale et au conseil de révision.

Nous « rétablissons » en vis-à-vis, séparés par une feuille d'ardoise de bonne épaisseur. J'ai beaucoup à rétablir, entre les émotions, les jus de fruit, la poésie, les morts, la peur. C'est ma liberté recouvrée, cet arrosage à profusion qui vient s'étoiler en figures variées contre l'eau vive nappant la paroi bleu nuit. À mes pieds, un croûton de pain noyé dans un ruisselet gazouillant. Au-dessus de moi, surplombant l'ardoise mitoyenne, c'est lui, mon pa… En fait, je n'ai qu'à lever le nez pour croiser le regard du recteur de l'île de Sein, encore plus océanique que dans mon souvenir.

On laisse derrière nous Saint-Raphaël et l'on ne s'arrête plus. Je vois bien que nous rentrons à la maison, perspective alarmante. Je me sens protégé par Baudelaire et Saint-Raphaël. Protégé ou maudit ? Arrivé par le monte-charge au sixième étage du 52, il me reste un dernier espoir. Il a peut-être égaré ses clés dans les sables d'Afrique. Eh bien non, la voilà qui tourne dans la serrure, par deux fois, avec le bruit caractéristique des retours de papa, qu'il arrive du Sénégal ou du coin de la rue. J'aperçois la valise en peau de porc dans l'entrée, je reconnais la fine odeur qui marie la moquette neuve et la peinture au caoutchouc du couloir. Je n'ose plus respirer.

Lorsque nous nous séparons devant la salle à manger, papa et moi, je suis plutôt rassuré sur mon sort. Un père qui dit : « Bonne année » à son fils ne lui veut aucun mal. Surtout s'il arrive d'Afrique. Surtout s'il vient d'asperger l'ardoise hygiénique en face de lui, les yeux dans les yeux. Surtout s'il n'observe pas que l'odeur de la maison a changé.

Je suis couché sur le bulgum en train d'assembler les six rails de mon *Railway Transcalifornia* (même pas le double rail croisé en X des circuits en huit !) lorsque la porte s'entrouvre après un toc-toc parfaitement urbain :

– Viens dans mon bureau, dit papa.

Il porte sa *Roberty* à Légion d'honneur, il n'a pas traîné.

– Maintenant ?

– Et mets tes chaussons.

Des rails croisés, soudain, j'en ai tout un méli-mélo brûlant dans mes régions tripales. Juste au moment où je m'apprêtais à siffler le départ du Paris-New York et à bondir sur le marchepied comme un trimardeur en cavale. À une seconde près papa se cassait le nez sur un quai désert dans un bled paumé du Far West et les Indiens lui faisaient son affaire.

J'y arrive au Bureau : je grelotte, j'ai sommeil, papa regarde mes pieds sans chaussons.

– Qu'est-ce que tu faisais dans la rue avec ton cousin ?

On tuait le temps. On cassait des montres suisses. On cherchait les morceaux sous l'autobus. On se demandait quoi inventer d'un peu marrant avant de retourner là-haut.

– On était descendus acheter des œillets pour grand-mère.

– En plein après-midi ?... Vous étiez agenouillés sur le trottoir.

On disait nos prières. On appelait Dieu au secours. Et c'est toi qui es arrivé.

– Yves avait fait tomber l'argent dans le caniveau. Je l'aidais à ramasser.

Je vous en supplie, mon Dieu...

Mais qu'est-ce qu'il a besoin de me regarder comme ça, toujours ! Je patauge dans ses yeux bleus, il y a des remous, je m'endors. Je vois secoué par les flots écumants le *Quo Vadis* s'ouvrir à la page du premier janvier 61, 15 h 30, la page du Chouan, ma page, mon rendez-vous avec lui. J'aurais dû m'en douter en voyant la montre suisse afficher catégoriquement ses 15 h 30, avant de se briser en miettes. C'est maintenant qu'elle se venge de moi.

– Tu n'as rien à me dire ?

– Bonne année, papa.

Je souris malgré la peur, je fais le tour du monde avec mon sourire, j'emmène papa sur mon dos, tellement heureux qu'il ne soit pas mort. Est-ce qu'il se doute, au moins, que c'est moi qui les fais tourner, les hélices des avions, depuis qu'il est revenu. Que c'est moi son ange gardien.

– Tu les vois les dents du squalet, sur mon bureau ? Réponds ! Tu les vois ?

J'entends claquer les miennes, j'ai l'impression d'avoir les dents du chien de mer dans la bouche. J'aimerais les vomir sur ses chaussons.

– Je t'avais donné jusqu'au premier janvier ! Elles sont où ?

– On me les a volées.

Le bleu marin se fait justicier dans sa prunelle, sa bouche s'arrondit en un point sans lèvres.

– Approche !

Quand j'avais cinq ans, avant les fessées, papa m'enlevait ma culotte lui-même. Cinq frappes, c'était le tarif et pas une de plus, maman les comptait derrière la porte. Cinq seulement, mais des frappes de feu ! À sept ans, ce fut : baisse ta culotte, sept frappes comptées par maman. À neuf ans ce fut : baisse ton froc ! et je pus m'égosiller tout mon soûl car il attendait que maman fût sortie pour me flanquer ses torgnoles, un incendie d'au moins vingt-cinq frappes. À cette époque, je recevais en moyenne une fessée tous les quinze jours. Trois semaines sans fessée, je n'étais plus moi-même, je détraquais l'ascenseur ou je cassais un vase, ou j'appelais les pompiers.

– Où sont les dents ?

– Chez Jimmy.

– Menteur !... Tout ce qui te sort de la bouche, c'est de la merde de poule...

– Tu les as vendues ?

– Elles sont chez Jimmy.

– Enlève-moi ce froc ! Couche-toi sur mes genoux !

Il n'avait pas abattu sur moi sa première baffe embrasée qu'une voix formidable retentit dans les nuages : « Attends voir un peu ! espèce de lâche ! » Oh comme j'aurais aimé l'entendre, ce cri de rage jupitérien. N'importe quel enfant pris dans les flammes d'une fessée paternelle supplie Batman d'intervenir sur-le-champ. « Non ! Henri, non ! » voilà ce que j'entendis crier au loin, tout de même, une voix de femme, et il me sembla reconnaître ces intonations révoltées.

J'avais toujours la tête en bas, les narines remplies d'une odeur calcinée, mais je ne rêvais pas en enregistrant l'apparition dans mon champ visuel des hauts talons noirs de maman, en respirant son *Heure bleue*. Au-dessus de moi, retour d'Afrique ou pas, le grand Spi passait un mauvais quart d'heure, s'excusait, il devait se sentir bien cloche avec ce grand fils déculotté en travers des genoux, ce grand brûlé.

Dame Fessée n'eut plus qu'à prendre ses cliques et ses claques, bonne année ! et papa ne fit plus jamais appel à ses services. Et Batman put se consacrer pleinement au cinéma.

13
Aparté

C'est moche, la fessée, ça fait mal, d'accord. C'est comme un vaccin qui ne vaccinerait contre rien. Ça s'oublie comme un vaccin, d'ailleurs. Ça fait partie de la famille, en somme. Trousse à pharmacie, trousse à châtiments, gare à toi !... Il ne faut pas abuser des médicaments : pas abuser des fessées. Il ne faut abuser de rien. Mais a-t-on jamais vu un gosse perdre sa joie de vivre au motif qu'il recevait une fessée quand il traitait sa mère de salope (ça se décline) ou déposait sur le trottoir des pièces de monnaie chauffées à blanc pour étudier le comportement des passants. Ou sodomisait le chat des voisins avec un fer à friser. A-t-on jamais vu un gosse traîner son père en justice après une volée comme le monde entier des petits Gnafron en a reçu depuis que l'homme descend du singe. On ne parle pas des extrêmes, on ne parle pas des filles, on sait ce qu'on dit.

Est-ce que Dame Fessée mérite vraiment ce foin européen dont on la recouvre aujourd'hui ? Conseil de l'Europe ? Office mondial de la santé ? Peine capitale ? Peine fessière ? Tout ça légiférant contre le pater familias *prié d'arrêter la fessée comme on arrête la cigarette ou l'alcool. Tabac électronique,* alcool à zéro degré, éducation sans douleur – à quand les hosties pour incroyants ?

Moi par exemple, ai-je tant souffert de la fessée au 52 ? J'en ai reçu, pourtant, et des injustes. Injustes, elles le sont toutes. On ne « mérite » pas une fessée. Ça ne figure pas au Code pénal de la blessure enfantine, la fessée. Elle passe par là, elle tombe sur le derrière du mauvais plaisant, on est quitte. À la maison, j'y avais droit en priorité. J'étais en pole position, pour les fessées. Je ne foutais rien en classe, j'étais insolent, goguenard, heureux comme un pape, je mettais toutes les chances de mon côté. Le postérieur de service, quand une bêtise d'enfant échauffait les doigts paternels d'un instinct de riposte immédiate. C'était Bouéboué le fautif : c'était moi qui prenais. Le jour où nous franchissons à bicyclette, jambes et torse nus, un massif d'orties géantes où nous perdons nos vélos, le paternel sévit. Que croyez-vous qu'il arriva ? Ce fut mon derrière qu'on fessa. La double peine, le double feu : les orties, la fessée. Mais je suis trop admiratif du recteur de l'île de Sein pour imaginer qu'il outrepasse un droit d'éducation susceptible de lui faire mordre la paille des cachots. On aimerait bien voir ça, qu'il aille en prison. On irait lui tenir compagnie. On lui demanderait encore plus pardon que d'habitude. On lui réclamerait des petites fessées d'appoint, en cachette du geôlier, pour qu'il ne perde pas la main. C'est bien gentil, la Loi. Grande Dame aussi, la Loi. Mais c'est le Père le chef, à la maison, le grand Spi. Qu'elle se mêle de ses fesses, la Loi. Qu'elle mette à l'ombre les vrais prédateurs.

Blague à part, je ne défends pas la fessée. J'exècre la pédagogie des voies de faits, les prétendues vertus éducatives de *l'ironie, l'humiliation pour la beauté d'un geste qui fait rire la galerie des frustrés. Tout ce qui ressemble à l'hégémonie du grand sur le petit me fait horreur. Et le baiser d'absolution ni chaud ni froid entre les sourcils, cerise du gâteau de l'hypocrisie paternelle, pourrait me rendre violent. Je dis juste que l'intrusion des Lois dans les mystères du cercle de famille est d'abord un viol, et qu'il faut s'assurer que cette profanation sert efficacement l'intérêt du petit avant de la sceller d'un verdict officiel qui défait le père aux yeux des siens. Et tue la famille aussi radicalement qu'un divorce ou un meurtre.*

14
Ego

Le soir du premier janvier 61, dissipé l'incident familial qui s'était soldé par des embrassades et des « belles poupées » en-veux-tu-en-voilà, papa nous remettait ses cadeaux africains dans la salle à manger. Chacun d'eux se parait d'une anecdote évoquant les conditions d'emplette ou d'offrande. Un petit coup d'*asti* pour fêter ça, le retour, le pardon. Maman eut un boubou bleu brodé d'argent et un bracelet jaune en forme de serpent (ce dernier, don d'un chef de village togolais en pays « gur » après un dîner d'insectes grillés où se buvait du lait de femme à la source), ma sœur eut un collier d'argent et toute une queue leu leu d'éléphants d'ébène (don d'un sorcier pétomane en pays « kwa »), Hervé eut une pirogue et deux masques de sorcier (marchandés en Tanzanie à des guerriers massaïs, un soir d'oasis où se mangea une oreille d'éléphant cuite à la braise), Tanguy eut un vrai tam-tam à peau de chèvre (acheté à l'aéroport de Lomé, tam-tam que papa ne mettrait pas deux jours à lui confisquer), et moi j'eus ce que je crus être d'abord un méchant canular, en fait trois cadeaux : une paire de boîtes de sardines soudées entre elles (ramassée dans un village abandonné au bord du golfe de Guinée), une boîte simple de sardines aplatie (trouvée dans les mains d'un enfant bossu pour lequel c'était le bien le plus précieux), et un ouvrage illustré sur le Togo prétendument dédicacé à moi par Sylvanus Olympio, président de la République depuis quelques mois.

MON TOGO SECRET

Le méchant canular allait se révéler un trésor. La paire de boîtes soudées, un ensemble percé d'un trou garni d'une collerette, originaire elle aussi d'une boîte de sardines, servait de luminaire à huile de bonne qualité dans certains villages de pêcheurs. Une lampe, Bof !... La boîte de sardines isolée, aplatie sous la plante des pieds croûteuse de centaines de gamins à l'abandon, était un ballon de foot de fortune, et ce n'était pas un, mais des milliers de buts en or qu'il avait marqués des années durant au camp de réfugiés K5 à la frontière soudano-kényane.

Bof !

Venons-en à *Mon Togo Secret*, un album de photos sans légendes ou si peu...

Un ouvrage illustré sur le Togo ? La blague ! Sur le Togo, si l'on voulait, plutôt sur les Togolais et les Togolaises du premier âge au dernier. Mais si quelques vieilles mamas édentées claudiquaient ou pilaient du manioc ici et là (la bouille parcheminée, le sein aux genoux, l'os tribal aux narines), c'était une jouvence féminine aux libres appétits que l'objectif mesurait et valorisait sous tous les angles, dévoilant un pays moderne, ouvert, généreux, où l'indigène mâle, curieusement, avait la portion congrue. Tous les fruits satinés des tentations charnelles resplendissaient de noirceur et d'ivoire dans ce jardin pas vraiment secret, pas vraiment végétal, divulgué sans tabou, sans phrases, l'auteur uniquement désireux d'offrir à la vue basse des blancs-becs de l'Occident, prétentieux héritiers des affres du péché mortel chrétien, la plus belle œuvre de la divine Nature des choses ici-bas – la nymphe noire en ces derniers confins des Hespérides où l'on vit dénudé comme la nuit, la mer, les étoiles.

Tel le caméléon gobant sa proie d'une langue à faire pâlir d'envie les pickpockets, je fis disparaître aussitôt cette Bible des pariades humaines, cet hymne muet au dieu des corps de joie sous le soleil d'Afrique. Comment papa l'avait-il eu ? Le président togolais ? La dédicace n'y était pas. Quel farceur l'avait-il introduit dans sa valise en peau de porc ou sa musette AIR FRANCE ? Par quelle aberration me l'avait-il offert à moi ? Ce que la blanche Marie-José Nat m'avait sauvagement refusé deux mois plus tôt : ce bout de sein talismanique de Vénus interdit aux moins de dix-huit ans dans les cinémas parisiens, papa le déposait dans mon petit soulier du premier janvier 61, me comblant au centuple de mes pensées avides, déployant sur mes sens affamés cet envol de vierges noires au sourire de lait, pour que je fasse mienne cette félicité.

Un enfant moins craintif, moins *catho*, aurait dit à son père en rigolant : Tu t'es trompé de bouquin, vise un peu ça. Impossible avec papa le soir même où maman l'avait surpris courtisant Dame Fessée dans son Bureau, impossible de le mettre en cause une deuxième fois sans que la moutarde lui monte au nez. *MON TOGO SECRET* devint ainsi mon secret, devint *MON EGO SECRET*, et je crois savoir qu'il l'est toujours. Je ne suis hélas encore jamais allé goûter aux blanches nuits noires de l'Afrique subsaharienne en galante compagnie.

Étrange, certains jours, comme on peut s'attacher à l'homme qui vous reproche d'être né.

15
Mon père, ce géant

UN LIVRE COMME UNE CHANSON peut bouleverser à tout jamais une âme d'enfant, lui révéler sa vraie nature au passage. Même un livre silencieux à la manière de *MON TOGO SECRET*. Un livre d'images où l'on peut insuffler sa force vive à des inconnues parées d'étoffes de lumière et de vent. Régner sur un royaume heureux du bord de la mer, affranchi des heures et des lois, hanté de jeunes indigènes qui vont marquant de l'empreinte de leurs orteils le sable mouillé. Et quand elles font volte-face, les malicieuses, c'est à vous qu'elles sourient pour l'éternité.

1961 n'en est qu'à son premier jour, et moi j'en compte déjà quelques milliers qui me font l'effet d'une montagne de temps perdu. J'ai le vertige, là-haut, tellement seul. Je ferai quoi, plus tard, quand Bouéboué aura son propre carnet de chèques et Tita des maisons blanches à foison, dans le monde entier ? Et Touki des millions comme des mouettes folles autour de lui ? Je ne ferai rien, absolument rien. J'irai cacher ma honte à la mer. On me harcèle : Tu seras marin. Tu seras pêcheur. Tu seras acteur. Tu seras… Tu seras quoi ?… Matelot de pont, balayeur de rues. C'est si drôle de penser qu'il n'y a pas un seul métier rémunéré pour vouloir de toi. Tu seras raté. Raté, oui, tu vivras sous les ponts avec les clochards. Un raté, c'est toujours un clochard gêné par ses mauvaises dents. Il n'y a pas d'argent dans son portefeuille. Une ou deux photos du passé. Ce portefeuille vide est toute sa fortune, toute sa mémoire. Peut-être que tu seras voleur…

Que penserait-on si je disais : écrivain, je veux faire écrivain. On dirait : il se prend pour son père, hou ! hou ! et il écrit comme un cochon, hi ! hi ! Un cochon à pattes de mouche, ha ! ha !… Tout le monde se moquerait. Écrivain est un mot trop grand pour moi. Comme le veston *Roberty* qui sent la sueur du géant aux yeux bleus que j'appelle papa. Écrivain est un mot géant pour géants. J'essaie de le rapetisser. Je ruse avec le bon Dieu qu'il faut vouvoyer dans ses prières, au début des années soixante : faites de moi un poète, un grand poète maudit… Ce n'est pas un métier, la poésie, la malédiction, mais Baudelaire et Musset ne faisaient rien d'autre, et Villon non plus. Je n'ai aucune idée claire de la façon dont je m'y prendrai pour gagner ma vie tôt ou tard, mais je m'y prendrai comme eux, Baudelaire, Musset, Rimbaud. Et moi aussi j'aurai les yeux bleus.

Sur mes cahiers en loques, accessoirement dédiés aux études, j'écris des rimailleries en alexandrins, des nouvelles, des phrases de marbre et de sang. J'apprends à devenir écrivain par la poésie. Et comme j'ai besoin d'un public féminin gagné d'avance à mes vanités maudites, et que les adolescentes togolaises dépoitraillées ne courent pas les rues parisiennes – et que la planète aimerait bien savoir qu'elle tourne autour de mon nombril –, je réquisitionne à temps partiel mes deux bonnes fées topiques du 52 : Tita et maman. Le plus objectif des panels, me direz-vous…

D'abord maman, premier auditoire de papa quand il a fini sa journée. À chacun ses goûts. Petit salon pour lui, lampadaire vénitien, lecture à voix basse une fois les enfants couchés (qu'il croit). Cuisine ripolinée pour moi dans l'après-midi, café au lait. Et pour nous deux maman dans son profil perdu, l'air de n'être pas là, de n'entendre rien, pour nous deux la demi-gauloise aux longs signaux bleus rassurants.

Malheureux, déprimé, l'écrivain quand sa voix ne fait pas bien l'amour aux mots de la tribu. Pour me concilier en catimini les faveurs de maman, j'aurai soin de lui dédicacer tout ce qui tombera de ma plume : de ma plume, oui, de mon *visor pen* et pas d'un stylo à bille, matériel de cow-boy, de ruffian. Une maman ne repousse pas les mots dont elle est l'inspiratrice, imaginaire ou pas, elle défaille d'émotion. Elle brûle de connaître la suite.

Le jour où je lus à maman *Fleur du Péché*, mon premier sonnet tiré de mon futur ouvrage en souffrance : *Les Fleurs du Péché*, nous en pleurâmes tous les deux. Baudelaire aussi, on le comprend. Il sanglota.

– Oh ! mon chéri, s'écria maman émerveillée, et elle dactylographia sur-le-champ ma *fleurette* de mirliton.

L'ayant lue sur tapuscrit, la fée Tita dit à maman : mon frère a du génie.

Ce sont toujours les fées, qu'il faut viser, et bien m'en a pris de compter sur elles à toutes les heures de ma vie.

Je descends montrer mes fleurettes maladives à Marion : le bide. Les poèmes de papa qui sont les miens : aime pas ça. Je sors le grand jeu avec la *Conscience* du grand Victor, la fixant dans les yeux comme si j'étais l'auteur : elle me supplie d'arrêter, on dirait un fou… *La Fiancée du Timbalier* : un fou ! *Le Corbeau et le Renard,* qui sait ? Ça lui dit quelque chose, ce truc très ennuyeux – très ennuyeux comme toi, faut te faire soigner. On est bien d'accord, je n'ai aucune chance avec Marion, Jimmy m'avait prévenu.

Marion ou pas, je donne suite à mon *génie* jour après jour, fleur après fleur. Cela consiste à gratter, gratter, gratter la page et les mots avec l'ardeur aveugle de l'enfermé pariétal dans son boyau secret, persuadé que mon destin gît par là depuis des milliers d'années, quelque part sous la croûte terrestre du papier ligné. J'y passe des jours entiers, à mes grattouillis, mes scarifications, mes broderies, mes suées, mes rages, mes Fleurs. Qu'irais-je travailler au lycée, moi qui suis différent d'autrui, appelé à ce futur baudelairien que les études ne connaissent pas ? Au demeurant, ce que peuvent m'enseigner de sympathiques professeurs de lettres ou d'histoire me paraît bien terne en comparaison du savoir du grand Spi : un mien savoir de raccroc à force de vivre à ses côtés (je ne serais pas un petit peu Normalien sur les bords, moi, à douze ans ?) Ils me notent : je les note aussi, cancre imbu de son ignorance encyclopédique de fils à papa.

Un obstacle majeur s'interpose entre mon idéal et moi – entre la page et ma main : l'écriture. C'est bête, non ? Je ne sais pas écrire. Non, je ne sais pas, c'est vrai, gardez-le pour vous. Je fais semblant. De mon mieux. J'imite à la perfection l'écriture de papa, drôle de perfection. Il n'en sait rien, ça lui ferait bizarre. On écrit pareil et pas du tout pareil en même temps. Quand c'est lui ça plaît, quand c'est moi, ça provoque rapidement fièvres, nausées, migraines. Une illisible perfection quand c'est moi. Lui – calligraphie ; moi – cacographie, laidographie. Lui bonheur, moi cauchemar, fac-similé vainement destiné à siphonner l'énergie créatrice du grand Spi.

Sur ce, j'ai treize ans, je torche un poème qui s'appelle *Le Pendu*, adieu les Fleurs. *Le Pendu* n'est pas moi au sens métaphorique, c'est un pauvre type que j'ai croisé dans la rue un soir d'hiver que je rentrais du karaté plus tard que prévu. Il se balançait au clair de lune, accroché haut et court au garde-fou du grand escalier qui va de l'avenue du Parc à la rue de l'Aude, le coin des malfamés. Cinq minutes plus tard, c'était rouge de pompiers à gyrophares en bas de chez nous, comme s'il y avait le feu au quartier. Il faut croire que la scène m'avait bien démoli car le soir même, alors que mon pendu reposait dans les frimas artificiels d'un tiroir médico-légal du quai de la Rapée, j'y allais d'une espèce de prose rythmée à tue-tête, débarrassée du ronron carcéral des alexandrins maudits. J'avais eu besoin de hurler je ne sais quoi sur la page, à mort, de faire craquer toutes les coutures de mes émotions.

Tita dit : génial.

Maman dit : génial.

Baudelaire ne dit rien.

– Il est temps de montrer ce que tu écris à ton papa, dit maman un matin. Je lui montrerai aussi tes dessins. Il a le sens de l'humour, je suis sûre qu'il appréciera.

Si maman le disait… Je me bâtis illico mon château en Espagne, celle-ci nation de panache et d'orgueil. Papa dirait : génial, et l'on partirait tous les deux en wagon *Pullman* à l'île de Hoédic, Bouéboué nous porterait nos valises au pied du train, je commanderais steak au poivre et *verygood* au wagon-restaurant, une envolée de Togolaises hilares viendrait se trémousser au carreau.

En fait, papa ne daigna s'intéresser à mes œuvres que sous la contrainte et dans l'effroi panique de peiner ma douce maman, se souvenant de quel bois se chauffait sa « belle poupée » le premier janvier 61, jour de honte où l'on vit Dame Fessée présenter ses excuses à un godelureau frissonnant de peur.

Il s'enferma dans son bureau, ressortit presque aussitôt. Nous attendions assis côte à côte sur la bergère Louis XVI, tels deux patients aux cent coups. Et lui, toubib pressé d'en finir avec une paire d'enquiquineurs, il ne prit même pas la peine de nous recevoir. Il regardait maman, me regardait, une lueur malveillante dans les yeux, agitant mes poèmes et dessins.

– C'est toi, l'auteur de ces torchons ?

Je sentis mon cœur se racornir d'humiliation.

– Quels torchons, papa ?

– Alors comme ça, Monsieur se prend pour Paul Valéry !

– Il faut un sacré talent, dit maman, pour imiter Paul Valéry à quatorzc ans.

– Et un sacré toupet pour dessiner ça ! dit papa, montrant à la ronde une caricature au feutre noir où j'avais déguisé mes profs en cardinaux et bonnes sœurs.

– C'est follement drôle, dit maman, on dirait du Daumier.

Il secoua la tête avec dégoût, me fusilla du regard :

– C'est ça, ta vision de l'Éducation nationale ? De la religion ? De l'Église catholique ?

Je restais sans voix, le désespoir me submergeait.

– Tu trouves ça loyal de la part d'un ancien enfant de chœur ?

– Tu exagères, dit maman, c'est magnifique.

Il ignora la phrase. N'ayant plus une seconde à perdre, il fit une allusion méprisante à mon dernier bulletin scolaire, déchira dactylographies et dessins en quatre morceaux, et dit à maman qu'il souhaitait lui parler.

– Au fait, me dit-il, et je respirai une puissante odeur de café. Tu connais les frères des écoles chrétiennes ?

– Non papa.

– Eh bien tu vas faire leur connaissance, petit vieux ! et plus vite que ça ! Tu pourras même t'amuser à les dessiner. Tu verras bien ce qu'ils en penseront.

16
Olga

L'AUTRE JOUR, rangeant mon capharnaüm de bureau (ce qui m'arrive une ou deux fois par an), je suis tombé sur un brouillon de lettre à papa non daté, mais d'après ce qu'on y lit, contemporain de la période où je fus délocalisé du 52 pour aller chercher fortune en pension. Il avait suffi que papa lise deux ou trois poèmes de son terrible fils, et voie un dessin représentant une bonne sœur en cornette aux cils outrageusement maquillés, le thorax avantageux en diable, pour en arriver à la conclusion qu'il urgeait de me placer en pension. Chez les frères, oui. Je trouverais là-bas la douce autorité convenant à mon tempérament d'insoumis. Et nul doute que mon coup de crayon sacrilège aurait l'heur de les charmer.

D'après le ton du brouillon, je ne serais pas étonné qu'il s'agisse d'une tentative de réponse honnête de ma part à une lettre de papa s'étonnant vivement que je ne réponde jamais au courrier.

~~Mon cher papa,~~

~~Papa,~~

~~Cher papa,~~

~~Mon petit papa,~~

~~Ah bon tu m'as écrit papa ?~~ Dans ta dernière lettre ~~de l'autre jour~~, papa, dans ta lettre de l'an dernier, tu me poses la question suivante : « Comment vas-tu ? » Et toi, mon cher papa, comment vas-tu ? Que fais-tu ? Loup y es-tu ? Moi ça va. Avec mes copains sportifs, on a mangé en une semaine la dernière musette des provisions de maman. La fourme d'Ambert, saucisson, beurre à la motte, chocolat, abricots tapés, andouilles de Guéméné, tout y est passé. On fait du sport tous les jours. On crapahute dans la boue, ça défonce les mollets. Frère Didier nous a présenté Olga *au ciné-club, un film allemand sur la sexualité des filles. J'avoue que c'était bien. On m'a chargé des animations culturelles du week-end pour ceux qui restent à la pension. Vendredi dernier, j'ai organisé une soirée dansante avec les filles de l'institut Notre-Dame qui restent à la pension le week-end. Très sympa. Même les frères ont trouvé ça sympa. Même les sœurs. Et la prochaine fois, ceux de Saint-Pierre iront à la soirée des filles de Notre-Dame. Le match retour. Il faut bien tuer le temps et préparer son bac en gardant le moral. Je fais du grec avec M. Smith. Il n'est pas frère, on ne l'appelle pas « cher frère », mais M. Smith. Tu l'aimerais bien, il est noir, il est costaud, on a un peu peur de lui. Haïti, Port-au-Prince, il vient de là-bas. Chassé par les « tontons Macoutes ». Il paraît qu'il a commencé par la boxe et qu'il a tenu trois minutes et demie contre Joe Louis, champion du monde des*

mi-lourds en 45. Et ça ne l'a pas empêché d'avoir l'agrégation en métropole, et de se retrouver en poste à Saint-Pierre. On ne fait pas que du grec et du sport, rassure-toi. On ne se contente pas de faire danser les filles du pensionnat d'en face. On a aussi de bons profs dans les autres matières. On a tous un bon niveau, même les chahuteurs. Cette nuit, ils ont attaché tous les souliers des petits par les lacets et ils ont tendu comme un fil électrique de souliers entre le bâtiment des frères et le bâtiment des petits. L'ennui, c'est qu'il a plu toute la nuit. Les petits pleuraient en pieds de chaussette au petit déjeuner, les frères cherchaient les coupables. La prof d'anglais, tiens, ~~il n'y a pas mieux roulée~~. Mon préféré c'est « Pède », le prof de philo, un ancien frère. Ne me demande par pourquoi on l'appelle « Pède », je n'en ai aucune idée. Son vrai nom c'est Diloy. Comme le cheminot. Monsieur Diloy. On travaille en ce moment sur l'épistémologie avec « Pède ». Ça vient du grec : épistos, *et du latin :* mologus. *Franchement, j'apprends plein de trucs intéressants chez les frères. Je ne te remercierai jamais assez de m'avoir collé en pension. ~~Comme quoi je réponds toujours à tes lettres, la preuve.~~ Tu crois que je t'enverrai cette lettre ? On verra bien. Mais moi j'avais envie de l'écrire, et de te dire que j'allais bien. Tu as remarqué ? Je vais toujours bien. Ça ne veut pas dire que je ne vais pas mal. Comme quoi on peut aller à la fois très mal et très bien. Comment tu expliques ça, papa ? Et comment tu…*

17
Pierre noire

J'ai pas tué j'ai pas volé,
Et je suis à Saint-Pierre,
Je m'souviens ma mère m'aimait,
Et l'on m'a mis chez les Frè... reus !

(Chanson d'autocar du cercle athlétique de Saint-Pierre-de-Dreux. Sur l'air du « Galérien », une romance de bagnards russes arrangée par le musicien français Léo Poll.)

Entre nous on n'y était pas malheureux, à l'institut Saint-Pierre, chez les frangibus. Le sport comptait autant que les sciences ou les humanités, sans doute un peu plus, c'était lui qui distinguait les caïds, les souffre-douleur, les minus. Au premier chrono significatif, le nouvel arrivant voyait son oreiller passer du dortoir de la piétaille à celui des dieux du stade, sous les combles, et l'ordinaire s'améliorait – ration double à tous les repas, beurre à volonté.

C'étaient des sportifs, mes copains, des cracs habitués depuis l'enfance à décrocher des médailles, à défaillir sous les galets de fonte des presses obliques, à battre des records : vitesse, fond, javelot, saut, marteau, poids, etc. Des champions si valeureux que Jean Bruck, le maître d'éducation physique – esprit spartiate et conciliant tant qu'on daignait tomber au champ d'honneur pour un dixième de seconde, une ultime foulée gagnante ou non –, alignait les meilleures de ses ouailles aux Jeux olympiques. Les meilleures, j'ai dit... On m'avait affecté d'office au huit cents mètres plat, ce petit kilomètre d'agonie sous les hourras des filles de Notre-Dame, le pensionnat d'à côté. 3'05", mon record, à Tours en 66. Croyez-moi, j'ai laissé plus d'un poumon sur la cendrée normande, en championnat départemental, au cours de ces fougueuses années de scolarité pensionnée chez les frères, les sœurs, loin des yeux et du cœur de papa.

Saint-Pierre et Notre-Dame – chastes écoles chrétiennes – pratiquaient la mixité pour les cours, uniquement les cours. Le week-end, sportives et sportifs se retrouvaient sur les gradins du stade du Vieux-Pré. Des amours à la vie à la mort se nouaient, se cherchaient. Le vendredi soir, on sortait en bande au *Relais*, un mastroquet auvergnat malfamé qui karaokait avant l'heure, ouvert aux tabagies planantes après 68. On n'était plus des pensionnaires, soudain, la bière coulait. Toutes endorphines déployées on se racontait les parents, la famille, la vie. Et pourquoi t'es là ? Et pourquoi tu viens de si loin ? Et pourquoi de si près ? Et pourquoi, quand on habite à Dreux, on réside en pension chez les sœurs, à Dreux ? Et pourquoi tes parents ont divorcé ? Et pourquoi on ne s'embrasserait pas comme si on s'aimait ?

On rentrait chez soi une semaine sur deux. On s'entassait dans l'autocar du pensionnat, un *Saviem* antédiluvien rouge et blanc, direction Paris. 60 kilomètres à l'heure, 70, 80 dans les descentes. On peinait dans la côte de Pontchartrain, ça commençait à fumer, à sentir. On s'arrêtait sur le bas-côté, attendant que le voyant repasse au vert, interdiction de sortir du car en surchauffe. Frère Bob piquait du nez au volant, les galériens chantaient la quille, la liberté.

C'était plus silencieux au retour. Les vraies questions flottaient, les vrais secrets. Ça va, toi ? Ça va. On pense tous la même chose, dans l'autocar. On se tait respectueusement. On mange, ça déglutit dans l'ombre, le chauffeur a éteint. On a tous nos petits pâtés, nos petits festins du cafard du dimanche soir sur les genoux. Ça ne se partage pas, le cafard, c'est chacun pour sa peau. Il y en a un, on l'évite, il pleure comme un veau, les deux sièges pour lui à l'arrière du car. Est-ce qu'on pleure, nous ? Est-ce qu'on pleure à quinze ans ? Ça ne s'entend pas, nous, c'est toujours la même raison, cette maman qu'on a serrée sur son cœur une seconde de trop en quittant la maison. On a beau se frotter les yeux, penser aux filles, on y sera dans moins d'une heure, au dortoir de l'internat, au lavabo du fond du dortoir, avec les autres, avec les savonnettes et les brosses à dents, l'odeur d'encaustique partout, la file indienne en attendant son tour au robinet d'eau froide, dans moins d'une heure.

On a dû m'opérer un week-end, une ambulance est venue me chercher au 52. Péritonite aiguë. Je n'étais pas seul dans mon lit, quand je me suis réveillé à la clinique Saint-Antoine-de-Padoue, dans les parages de l'église où Bouéboué s'était fait baptiser. Un pirate à bandeau noir se réveillait contre moi sur l'oreiller, cadeau de Tita au neveu de la tante Barrisson amputé d'un appendice en zigzag ramifié jusqu'au foie. Neuf centimètres de boutonnière, j'ai mesuré. Et l'après-midi, second cadeau de Tita, j'eus ce crayon brun fauve dont on avait l'impression qu'il allait aboyer, si merveilleux était son air de famille avec un hot-dog grand format, le plus bienveillant des chiens comestibles. « 'Hon kon d'lon chonce ! » dit mon infirmière, créature de fort tonnage à bec-de-lièvre. Elle n'était pas la plus belle, j'en suis bien conscient, et pas de première jeunesse. On peut demander sa main à la Bonté, à la féminine Bonté pour qui la souffrance du prochain est un présent des cieux. Je fis une infection carabinée, à la clinique, on me réopéra sans anesthésie, maintenu par quatre malabars que j'envoyai s'écraser au plafond quand le chirurgien plongea son couteau dans ma plaie pour débrider l'abcès.

Durant ces quinze jours d'hospitalisation, papa se fit représenter par maman. Puis ce fut maman qui se fit représenter par Bouéboué sans m'avoir expressément averti – en suis-je tout à fait sûr ? – qu'elle aussi devait subir une petite intervention. « Tout s'est bien passé, me dit Bouéboué, on lui a retiré la valeur d'une mandarine. » Il n'en savait pas plus. Ce mot de *mandarine*, un mot d'enfant pour les enfants, émettait un écho paradisiaque, et quand on ne veut pas regarder le malheur dans les yeux la moindre lueur d'espoir est prétexte à s'aveugler sur la force des choses – à la fois mandarine et poison dans la mandarine, compte à rebours, fatalité.

J'avais maigri de cinq kilos lorsque je revins à Saint-Pierre, et c'est tous muscles fondus que je me remis au sport. Opération, péritonite, *mandarine,* oubliés ces mots qui n'avaient plus aucune mesure avec la réalité printanière de mes quinze ans. Je n'étais pas malheureux à l'internat, j'étais heureux de regagner mes foyers. Chaque mois le *Saviem* me déposait à la porte de Saint-Cloud, le métro à la station Alésia, et mes pas impatients n'avaient plus qu'à m'emmener au sixième étage du 52. « Oh mon chéri, s'écriait maman en ouvrant la porte, c'était trop long… » Ça n'est jamais trop long, maman, c'est trop court, et tôt ou tard le temps nous fait l'effet d'un sombre flambeur.

Un week-end, Tita ne fut plus au 52. Les Dupuy les avaient jetés dehors, elle et ses deux pianos, par décision de justice. Ils habitaient à la cité des Arts, métro Pont-Marie, en face de l'île Saint-Louis. Ils étaient un peu groggy, mais bien installés au deuxième étage, studio 47, avec des dizaines d'autres musiciens victimes de leurs voisins, eux aussi. On irait les voir là-bas désormais. Et quand Tita viendrait à la maison, ce serait les mains silencieuses, uniquement pour que le 52 n'aille pas s'imaginer que la famille Queffélec, touchée au vif, entamait sa désunion, enfin pareille au commun des mortels. Il se l'imagina. Il se braqua. Il connut des phases de morosité, de mauvaise foi. Il s'habitua. Il eut des mots avec maman qui ne s'habituait pas, elle, au départ de Tita, à l'empire des voisins sur le bonheur d'autrui. Elle voulut déménager, réinventer ailleurs les joies humiliées du foyer. Elle essaya de convaincre papa. Bien fuyant, le grand Spi, sur ces questions, pas chaud du tout à la perspective de transporter son bureau dans un autre bureau, dans un autre bonheur. Il faisait son chat sirupeux quand le mot *déménager* se coulait dans son tympan. Il y allait en traînant les pieds, aux visites des appartements, des maisons. Rien ne lui plaisait, rien n'était dans ses moyens et son manuscrit n'attendait pas. Il espérait secrètement que maman allait se lasser. Elle ne se lassa pas, non. Elle fit bien pis.

Elle m'écrivait tous les jours. Je faisais des jaloux, au réfectoire, à l'instant précieux du courrier. On me prêtait de tendres correspondances des plus assidues, et je prenais un air mystérieux. Elle m'envoyait par trois des bristols blancs couverts recto verso d'une écriture si fournie qu'elle en avait du mal à signer – YQ ou maman. Elle me racontait la vie courante au 52, l'avenir, les beaux projets. Elle ne cessait de jeter l'ancre d'un *bientôt* merveilleux dans les eaux bleues du lendemain qui s'approchait à grands pas. *Bientôt* nous irions à la mer, à la montagne, à l'Aber, à Belle-Isle-en-Mer. *Bientôt* nous achèterions un nouveau voilier, *bientôt* les pianos reviendraient chez nous, *bientôt* nous irions vivre tous les six dans la grande maison où chacun de nous aurait sa chambre à lui et papa un Bureau comme un nid d'aigle des mers d'où l'on verrait les hauteurs du ciel, les oiseaux, *bientôt* la vie serait longue et douce autour de nous. Et comme toujours au courrier – fourmes d'Ambert, andouilles, marshmallows, de quoi tromper la solitude et requinquer la bienveillance des copains envers moi.

Dans ses lettres, maman affectait la voix des écrivains qu'elle admirait, la marquise de Sévigné, Marcel Proust, Marguerite Yourcenar, Gogol, Thomas Mann ou Tchekhov, et même San-Antonio qu'elle avait découvert grâce à moi, le grand frisson. Moi aussi j'imitais les écrivains, toujours le chercheur du temps perdu quand il s'agissait d'avouer une mauvaise note que j'avais espéré la meilleure de l'année, *ma chère maman, et pourtant je me couche de bonne heure, il est vrai plus tardivement les veilles d'examens blancs, considérant mon envie de dormir comme un détail, et d'autre part nullement préparé à voir ce coup de collier de dernière minute, Grouchy se faisant Blücher, se solder par un 0,5 en anglais que je me garderai bien, compte tenu de sa modestie, de te présenter comme une valeur positive, etc.*

Papa aussi m'écrivait. C'était bref, accusateur, comminatoire. Une note de service appelant une réponse immédiate. Je répondais par retour : *~~Mon~~ Cher papa*, *~~moi aussi je~~*, *~~comme à toi le men~~*, *~~me fait~~*, *~~me répugne~~*, *~~me soulève le cœur~~*, *~~me retourne les sangs et ce n'est pas sans~~*, *~~et c'est avec~~*, *~~me pose un cas de~~*, *~~me barbouille de remords~~*, *~~ce qui ne peut que te~~*, *~~me fait grimper aux rideaux~~*, *~~le me, je, toi, nous~~*, *~~Bien~~ Cher papa*, *~~moi non plus je, mais ta gueule !~~* J'émergeais de ces corvées épistolaires hors d'haleine, plus fourbu qu'après une heure de presse oblique au gymnase. Je déchirais mes réponses désespérées comme il avait déchiré mon *Pendu.* Et jamais timbre postal ne fut tamponné pour l'acheminement d'aucune de ces proses de détresse hachées par le doute viscéral, et bâillonnées par le sentiment de ma nullité face à l'homme de ma vie.

Un matin, je reçus de maman une lettre pas comme d'habitude. Une lettre embarrassée, des phrases courtes. Au lieu du bristol blanc habituel, c'était un luxueux papier grège filigrané HV, glissé dans une enveloppe assortie doublée de soie. Elle me disait qu'elle nourrissait des corbeaux affamés dans la cour de l'hôtel et qu'il neigeait, neigeait toutes les nuits. Elle me demandait si j'avais bien eu la lettre où elle m'annonçait devoir s'absenter quelques jours avec papa. J'ai regardé l'enveloppe, le beau timbre à l'effigie d'un village suisse. Qu'est-ce que maman fichait là-bas ? Elle me disait aussi de ne m'inquiéter de rien. Elle rentrait le jeudi suivant, et comme d'habitude elle m'attendrait à la maison samedi après-midi.

Est-ce que j'eus un pressentiment ? Aucun. Maman m'écrivait qu'elle serait là, elle y serait. Elle n'y fut pas, mais pourquoi s'en faire ? Elle allait arriver. Maman n'est pas là ? Elle se repose chez des amis, petit vieux, à la campagne, elle était fatiguée. Et justement des amis téléphonèrent, ce soir-là, s'inquiétant de savoir si l'opération s'était bien passée. Je répondis que papa était couché, mais que tout allait bien chez nous et que maman se reposait chez des amis. Quelle opération ?… Et le lendemain matin, quand le téléphone sonna dans la maison, ce fut encore moi qui dus aller répondre, papa ne se levant pas.

Le Bureau baignait dans une clarté d'aurore et l'on voyait par-dessus les frondaisons du parc Montsouris les traînées roses du jour naissant. Aucun pressentiment, toujours pas. Je répondis qu'en effet j'étais M. Queffélec, oui Madame, c'est bien moi. Et la voix prononça des phrases comme au théâtre, avec douceur, mais je n'eus pas le temps de leur donner un sens, car papa me prit le téléphone des mains, pour ne pas dire qu'il me l'arracha, et je sortis du Bureau. J'attendis à la baie vitrée du salon, regardant le soleil avancer comme s'il marchait à pas de loup sur l'avenue du Parc. Il allait faire beau, très beau, j'avais sommeil, dommage que le téléphone ait sonné, je dormais si bien. *Je suis désolée, M. Queffélec, mais votre femme n'a pas passé la nuit.*

Ma femme ! Ô ma chère maman.

SECONDE PARTIE

V

18
Retour au 52

Aime et fais ce que tu veux
Saint Augustin.

Hôtel Victoria, *8 mai 1970.*

MON BIQUET, je pense bien à toi. Il ne doit plus te rester beaucoup d'argent. Papa va t'en envoyer. Sois raisonnable. Tanguy est chez grand-mère jusqu'à la fin de la semaine. Il travaille bien. J'ai de bonnes nouvelles aussi de Tita et d'Hervé. Vous me manquez énormément. Je serai jeudi à la maison, et bien sûr samedi prochain pour t'accueillir avec joie. Que dirais-tu d'une timbale de fruits de mer et d'un far aux raisins ? Il y aura de la limonade et tu pourras boire un verre de monbazillac après le dîner.

Comme je te l'ai dit dans ma dernière lettre, nous passons quelques jours en Suisse ton papa et moi. Nous n'avions plus voyagé ensemble depuis vingt-cinq ans. Il neige tout le temps depuis notre arrivée. Ce matin, j'ai nourri une bande de corbeaux affamés dans la courette de l'hôtel.

Je n'imaginais pas le plaisir que je prendrais à voir des oiseaux picorer des miettes de croissant. Chaque jour, ils m'attendent fidèlement dans la courette, piétinant la neige fondue. Ton papa sort marcher l'après-midi (toute cette neige m'inquiète un peu). Je lis jusqu'au soir en l'attendant. Plongée ces jours-ci dans Mémoires d'une jeune fille rangée, *je m'aperçois, grâce à Simone de Beauvoir, qu'il faut dire aux enfants les sentiments qu'ils nous inspirent et qu'il est délicieux d'éprouver à leur contact. Tu as bon cœur, mon chéri, et tu devrais parler à ton papa. C'est un homme secret, mais tellement bon. Souviens-toi qu'il n'a jamais connu son père. Un mot de ta part lui délierait la langue aussitôt. Un mot suffit pour se dire les choses, et peu importe qui fait le premier pas. Tu ne le regretteras pas, mon chéri. Tu m'ôteras un tel poids du cœur ce jour-là. Et crois bien que je lui parle à lui comme je te parle à toi. Mauriac a bien raison d'épingler le mutisme imbécile des familles ravagées par le malentendu.*

Courage, mon biquet, j'ai confiance en toi. Travaille, applique-toi, forme bien tes lettres, écris plus gros, essaie de t'améliorer en maths, c'est important. Et merci de ta merveilleuse bonne humeur qui fait de toi un pilier dans cette famille. Mille tendres baisers, mon chéri,

Ta maman.

P.-S. : Et, de grâce, cette fois, n'oublie pas ton linge dans l'autocar !

Quand je relus cette lettre de maman, je venais d'arriver à Brest en voilier. Entre-temps, on était passé du 14 mai 70, au 15 mai 75 – excellent millésime pour le pomerol. Je ne saurais dire aujourd'hui si j'étais occupé ou totalement désœuvré. C'était la mer, ma voie, c'était l'écriture, c'était l'ailleurs océanique, le grand bleu divaguant sous mes pieds en vadrouille. Je m'étais construit un grand voilier vert en acier, le MALOURÈNE, et j'allais sur l'eau pour aller sur l'eau, moins pour voyager que vivre sur l'eau. De temps en temps, je m'arrêtais dans un port inconnu et j'écrivais un roman. Puis je retournais en mer en quête d'une île, d'un horizon. Mais dans l'état d'esprit où j'étais, autant chercher l'étoile du Berger dans une botte de foin.

Abandonnant sans regret mon voilier vert sous un panneau À VENDRE, je fis en stop les six cent vingt-sept kilomètres de Brest même à Paris-Notre-Dame. Je n'avais qu'une idée en tête en arrivant au 52 sur le palier du sixième, sac de marin à l'épaule : parler à papa, dire les choses au grand Spi.

Plus qu'à sonner. J'entendais chanter un piano et pas un piano de rêve, pas n'importe quel piano. La voix familière du piano de Tita. Aussi familière que le roulis pendulaire de mon premier canot à l'Aber-Ildut quand j'avais gréé sur un manche à balai une cabine de bain chipée dans les affaires de mes cousines. On sort d'un ascenseur après deux mille cent quatre-vingts jours et nuits d'horizons dédaléens, et la musique est là comme autrefois au temps des Dupuy. De maman.

Papa est venu m'ouvrir presque aussitôt, une fraîche bouffée de Haendel est sortie m'accueillir avant lui. Même pas surpris, papa, l'air content. J'avais l'impression d'arriver du lycée Buffon et d'avoir égaré mes clés.

– Ah, c'est toi, p'tit vieux. Tu as déjeuné ?

– Je crève de faim.

– Ça te va, des rognons de porc ?

Je suis entré dans la maison comme un acteur dans un film où il n'est plus très sûr d'avoir un rôle à jouer. J'ai fureté, la chanson du piano sur mes talons. C'était bien rangé partout, bien aéré. Papa n'avait rien touché des affaires de maman. Le sac de lézard décousu, le poudrier doré, la robe de chambre molletonnée mauve dans la salle de bains, le buimassor : pas touche. Et pas touche au mirliton de quatorze juillet qu'elle avait sur sa table de nuit pour tuer dans l'œuf les ronflements paternels. Pas touche au vieux Tchekhov sur le buffet de la cuisine, *Les Moujiks* (Éditeurs, Plon et Nourrit Petits-Fils, 1939, traduction Denis Roche, seule traduction autorisée par l'auteur). C'est encore ouvert à la page 191. Tenez, lisez avec moi ce passage souligné au crayon sous le titre courant *Vânnka* : « Viens me chercher, viens vite, petit grand-père, c'est pire que la mort ici. Je me serais sauvé à pied, mais je n'ai pas de bottes, j'ai peur de me geler les jambes. » Probablement les derniers mots lus par maman sur la terre.

Je les connais par cœur, aujourd'hui, les mots du petit Vânnka maltraité par le cruel cordonnier Alioukine, j'ai récupéré le Tchekhov Plon & Nourrit 1939. Je connais par cœur la dernière lettre de maman du temps qu'elle nourrissait les corbeaux dans la neige en attendant papa. Sa voix, toutes les intonations de sa voix, je les connais, je peux les réciter, les rêver tout mon saoul.

– Tes rognons de porc, p'tit vieux, c'est maintenant, ça refroidit vite.

Je suis passé à table dans la cuisine, ma place de toujours, papa s'est assis en face de moi, la place de maman. Il me regardait, ses fines lèvres à la Tintin remuaient, le piano chantait au loin. Une merveille, ces rognons grillés et rosés comme je les apprécie. J'ai mangé pour la dernière fois en pleine mer, au sud de l'Irlande, il ne restait plus à bord qu'une grosse cuillerée de chocolat en poudre et un demi-litre de liqueur de banane.

– La cuisson ?

– Du tonnerre de Brest.

Je buvais du saintes-maries-de-la-mer, un vin des sables pour gabariers qui devait titrer ses 14 à l'aise. À chaque gorgée, je me disais : il est tout à toi. Il te regarde, il sourit comme jamais, on lui voit même les dents. Pas un mot ne franchissait mes lèvres. Volatilisées, les petites phrases imaginées entre Brest et Paris avec l'aide de maman.

– … et si j'ai pu commettre des erreurs, petit vieux, si je t'ai fait de la peine autrefois, je t'en demande sincèr…

– Quel délice, ces rognons au persil !

J'avais crié, coassé ma terreur, me liquéfiant à la pensée de l'explication détendue qu'il essayait d'amorcer.

Le piano s'est tu, papa s'est tu, le silence est descendu s'interposer entre lui et moi. Tita, robe noire et souliers rouges à talons, est venu trinquer au retour du frérot migrateur. Elle a pris des nouvelles de mon bateau. Moi de son piano. Deux esquifs d'un genre différent. Visiblement, ses croisières l'emmenaient plus loin que les miennes à la poursuite de l'horizon. Elle passait à la maison régulièrement jouer du piano, déjeuner avec papa.

– Tu te souviens, Tita ?

– De tout.

– Madame Sellier, son manteau de laine râpé ?

– Son chapeau de paille anthracite à cerises noires ? Les brins de laine qu'elle essuyait d'un médius douteux sur des bonbons au coquelicot déjà sucés ?

– Deux bonbons qu'elle avait du mal à décoller ? Sa moustache humide de sucre ?

– Sa petite voix de chaisière ?

– Un jour tu as mangé dix œufs durs mayonnaise au restaurant-routier qui jouxtait la cité des Arts.

– Un jour tu m'as menacé d'un tire-bouchon pour me chasser de ta chambre.

– Petit garçon, tu disais : la « 'umière 'ectrique ».

– Petite fille, tu m'appelais le « militar de Tita ».

– Et toi tu as inventé la tante Barrisson.

– C'est toi qui l'as inventée. Tu m'as dit : je te présente la tante Barrisson.

– Elle était habillée comment ?

– En vert. Le chapeau, les gants, les ongles, les cils, la natte, tout vert comme le désespoir.

– Et c'est quoi, son plat préféré ?

– Le moka. On allait à la grève et j'étais la marchande. Tu m'achetais du sainfoin, une laminaire à moka.

– Qui a trouvé ce nom de *tante Barrisson* ?

– Il s'est trouvé tout seul un après-midi, sur la grève de Porzmeur.

– Et *sainfoin* ?

– Pareil, la grève de Porzmeur. Nos boules de neige étaient des boules de vase.

– Tu écris toujours ?

– D'après toi ?

Tita retourna jouer du piano. L'*Allegro Barbaro,* cette fois, de Béla Bartók, un morceau dont je lui avais dit qu'il était mon portrait tout craché. Je n'ai jamais eu, jamais voulu d'autre sosie. Mon premier livre publié porte son nom : Béla Bartók. Puis Tita m'écrivit une lettre à la manière de maman, une lettre de vie, pour toujours. On a l'impression d'entendre la voix respirer dans les mots : *ne sois pas orgueilleux, frérot, je t'en prie. Grandis-toi de la pensée d'être le premier à rompre la glace entre vous, tu seras payé de ton courage au centuple. Et ne crains pas sa réaction. C'est contre les falaises les plus escarpées que les vagues se brisent le plus violemment.*

– Tu as du temps, p'tit vieux ?

– Je n'ai plus que ça, papa.

– On n'irait pas se faire un tour dans une île, toi et moi, pour la Saint-Jean ? C'est ta fête, non ?

Ma fête ! Je n'ai plus entendu parler de ma fête depuis l'âge de sept ans. Ce jour-là, j'avais eu un pain de Savoie maison à la pâte de coing et un pistolet à eau. Vert, le pistolet, aussi vert que mon voilier.

– Justement, papa, je voulais t'en parler. Je pensais à Molène, la grande marée du solstice d'été.

– Riche idée, p'tit vieux, mais…

19
Cap Nord…

… Mais papa avait une idée plus riche encore, et comme c'était lui qui payait l'expédition je n'avais pas voix au chapitre. J'aurais eu mauvaise grâce, d'ailleurs, à ne pas battre des mains quand il déclara les yeux brillants de convoitise : cap Nord, 24 juin, Saint-Jean ; mauvaise grâce à ne pas dire, moi le fuyard des mers : ça se trinque, ça papa, une idée pareille ; à ne pas lui être reconnaissant de m'épargner toute allusion à mon grand voilier resté dépérir à Brest, voiles ferlées à l'arsouille, amarré au bassin des *Vapeurs* sous un panneau À VENDRE attaché dans les haubans par deux pinces à linge.

Est-ce que je sais d'ailleurs pourquoi je reviens à la maison, et pourquoi maintenant, comme si j'en avais marre de réparer mes fautes en leur tournant le dos, et marre de ceux qui ne sont jamais fautifs de la tristesse de leurs enfants.

Papa venait de se voir attribuer le grand prix de l'Académie française pour l'ensemble de son œuvre, une pincée d'au moins cinq millions. LE ROMANCIER

BRETON HENRI QUEFFÉLEC COURONNÉ PAR LA VIEILLE DAME DU QUAI CONTI. J'avais lu ça pas plus tard que la veille dans un *Télégramme* abandonné sur un banc du port de commerce, et je lui en aurais bien envoyé un, de télégramme, pour le féliciter, si mes finances l'avaient permis. Elles me conseillaient vivement de plutôt passer le voir au 52 et de le congratuler d'homme à homme. C'était chose faite.

– Pas d'autoadmiration, p'tit vieux… Pense à la Saint-Jean, pense au cap Nord – pense à ta fête.

Je vais pleurer, s'il continue comme ça. Un enfant naît, c'est le troisième, on lui pioche un prénom au hasard dans le grand sac à prénoms. Déjà heureux qu'il en ait un donné par ses parents biologiques. Et voilà qu'à l'un des pires moments de mon existence, sans aucune raison particulière, mon père indifférent, mal aimant, souhaitait me souhaiter ma fête, et qui plus est me la souhaiter à grands frais sur le toit du monde.

– Le cap Nord. Tu connais ?

– J'ai tiré des bords dans les fjords, mais jamais jusque-là.

– Tant mieux, p'tit vieux, tant mieux.

J'ai filé dans ma chambre et je me suis abattu sur un lit aussi défait qu'il l'était cinq ans plus tôt quand j'avais quitté la maison, sûr et certain, ce jour-là, de n'y remettre jamais les pieds.

Trois caps océaniques, trois coins du monde ont acquis la célébrité des grands marins qui les ont doublés au cours de l'Histoire. Le cap de Bonne-Espérance : Magellan, un Génois. Le cap Horn : Bartolomeu Dias, un Grand d'Espagne ou peu s'en faut. Le cap Leeuwin : Éric Tabarly, un Breton élevé au kouign-amann et au chardonnay sur lie. Il en est un quatrième aussi périlleux : le cap Nord, naguère un illustre inconnu, dernier balcon sur l'infini des mers de Norvège et Barents, auguste descendant des Vikings. Papa l'a déjà foulé aux pieds avec son copain le Suédois Rolf Edgren, en 33, c'était désert. On avait la queue leu leu des soleils de minuit pour soi tout seul, on devenait fou sans témoin. Ça ne l'est plus, désert, en 75, ça commence à mondialiser à tout va, ça fait recette à longueur d'année. C'est comme à Lourdes en plus déjanté, moins catho et moins contrefait, comme à Sainte-Anne-la-Palud. Ni papa ni moi ne soupçonnons quel bobinard à la belle étoile se donne cours là-bas, dans quelle Saint-Jean nous allons prendre pied sous le soleil de minuit, quel public de soiffards illuminés rappliquant par charters entiers donnait carte blanche à sa libido. Hardi les pyromanes, les suicidaires, les baiseurs, les vieillards.

J'en ai doublé, des caps et des pointes, à rouler ma bosse autour de l'horizon, mais aucun des trois grands. Le cap Nord non plus. J'ignore le choc émotionnel qui m'attend. Et pourtant ce n'est pas à la voile que je vais l'aborder, mais à la force du doigt de pied. Je suis heureux d'y aller, et surtout d'y aller avec papa qui reste pour moi le plus insurmontable des caps.

Le Nord qui semblait d'humeur à nous réconcilier nous réconcilia bel et bien. En terrain neutre, on peut toujours s'arranger. Le retour par l'Ouest fut un gâchis. J'en reprendrais pour dix ans de semi-brouille et de regards de plomb comme je détestais les croiser quand j'étais si petit qu'il me faisait l'effet d'un géant.

Tout avait bien commencé. Le 21 juin 1975 à 17 h 30, la blonde hôtesse de l'air du vol 525 Roissy-Rovaniemi nous regardait boucler nos ceintures à bord de l'Airbus 319 de la compagnie Finnair, moi côté hublot, papa côté couloir avec entre nous deux un siège occupé par la presse du jour. Le grand Spi badinait, mains jointes, il y allait de ses plus mauvais jeux de mots comme au bon vieux temps du 52 en famille. Le programme estival envisageait dix jours de balade en Scandinavie, une semaine à Molène en juillet, trois à Belle-Isle-en-Mer en août à l'hôtel de l'Apothicairerie, sur la côte sauvage, avec fratrie et piano de louage, et retour à Paris début septembre.

Bon voyage, M. Dumollé !

À Rovaniemi, nous attrapons de justesse le dernier vol pour Ivalo, en Finlande. D'Ivalo nous montons par train à Käfjord, l'embarcadère le plus septentrional de Scandinavie. De Käfjord, à l'île de Magerøya, par bateau, mêlés au flot grouillant des pèlerins de la Saint-Jean, ceux-là déjà bien dégrafés avant d'avoir atteint le prestigieux caillou viking. Ça chante en chœur et en vrac pendant la traversée, ça lève des hanaps de zélateur inspiré, ça rend des actions de grâce aux divinités immémoriales du cercle polaire dont la plus affriolante est la jeune Pelto-Pekka, déesse de la bière [2].

C'est aussi pour elle qu'on monte en bandes fanatisées au cap Nord, chaque année. C'est un soleil de bière qui s'en va tournoyer dans le ciel de minuit, le 24, à l'heure H et jusqu'à l'heure HS, quand les comas éthyliques et les overdoses noient dans la pisse et les vomissures le dernier gorgeon disponible du cap, et qu'il n'y a plus que la mer à picoler et du poil de rennes à fumer dans les pipes en pénis de morse.

À Magerøya nous louons des bicyclettes, voulant rallier le cap par nos propres moyens. Épuisants, la traversée de l'île, les descentes, les côtes, les faux plats, les pistes qui longent la mer, les cinglées de vent glacial de face. Je dégoulinais en pédalant, impressionné par la résistance de papa très majestueux sur sa bicyclette. Chaque jour, il se baignait longuement dans les fjords, sur les grèves. Il disait : froide, oui, pas si froide que ça p'tit vieux. J'avais un mal fou à me plonger dans cette opacité turquoise à dix degrés maximum, impatient de retrouver mes suées. Un matin, descendu de bicyclette pour contempler la mer – celle que l'on voit toujours pour la première fois –, papa me dit l'air ennuyé : je me demande si je me baignerai aujourd'hui, p'tit vieux. Il ne se baigna pas, ne se baigna plus jusqu'au retour en France, prétextant chaque matin une fatigue passagère.

---

2. *Dixit* Arto Paasilinna, l'auteur du *Fils du dieu de l'orage.*

On les connaît, ces fatigues, elles ne font que passer. Elles nous emportent un jour ou l'autre. En passant.

Le vingt-quatre à dix-huit heures, au beau milieu d'une étendue sablonneuse hérissée d'une petite herbe fauve rebroussée vers l'est, apparaît un grand panneau d'inox étayé par quatre filins d'acier :

NORTH CAPE
7 KM

Une heure plus tard nous y sommes, à la fin du monde, à la jonction des mers de Norvège et Barents, à l'océan glacial. Le ciel est d'un bleu gris diaphane infiniment doux, réfraction des eaux qui se croisent au nord du cap Nord. Il faut se protéger les yeux pour contempler la mer, le soleil voilé n'a pas fini sa journée. J'ai l'impression de voir une lumière océanique comme je n'en ai jamais vu même au large il y a quelques jours, écrasante de sérénité.

« Bordel de con ! » s'écrie papa qui ne dit jamais de gros mots, furieux de noter des changements survenus dans les manières d'hospitalité du cap. Toutes ces bagnoles, ces motos, ces side-cars, ces caravanes, ces *bikes*, et pas d'autres bicyclettes que nous deux, tous ces gueulards à chevelure d'apocalypse, ce gymkhana d'autocars bariolés chassant croisant sur le parking à péage le plus « septentrional » de l'hémisphère nord. À toutes les sauces, le Septentrion ! On en vend jour et nuit du Septentrion au cap Nord ! Comme le Marseillais vend du Sud. On vend du froid comme le Marseillais vend du chaud. On vend du Minuit comme le Marseillais du Midi, du taiseux comme l'autre son bagou, de l'aquavit comme l'autre son pastaga – et tout ça : septentrion, midi, boréal, méridional va s'approvisionner à des heures choisies au même big-bang, au même soleil.

– C'est rudement beau, dit papa.

La mer, enfin, gris souris, comme si c'était la première fois, l'horizon, le frère de lait de l'infini. Pas le moment de se retourner, de tromper le plus bio des infinis avec les caisses à moteur agglutinées derrière nous sur les hauteurs du cap.

Je reste seul avec mon gris souris qui repeint ciel et mer à perte de vue, et je parie que papa fait exactement la même chose, avec une pensée pour les autres finistères où il a marché. Ils sont différents si l'on veut, les caps, la nature des roches, la végétation, les ciels, ils y tiennent à leurs petites variantes, à leurs oiseaux, à leurs fleurettes qui ne poussent que là, dans les interstices où sifflent des vents uniques au monde, mais tous ont en commun ce grain de beauté vital à l'extrémité du menton, cette goutte d'eau tombée des lèvres du néant : l'océan.

Allez, bas les sacs à dos. Nous emboîtons les pieds en plastique de nos verres à mousseux, nous sortons la bouteille d'*asti* qui vient du 52. Nous portons un toast à maman. Papa me regarde enfin dans les yeux et du gris je passe au bleu, comme si l'on changeait d'océan. Bonne fête, papa, bonne fête Saint-Jean, bonne fête les uns les autres. Il y va un peu fort, l'*asti*, non ?… Je n'ai plus d'ouïe que pour le bruissement du ressac de l'*asti* dans ma bouche. Bonne fête p'tit vieux.

Pour le dîner, c'est l'empoigne aux tables d'hôtes dressées sous du préfabriqué. On se fraie un passage, les motards, les retraités, les pyromanes et les hooligans, les suicidaires et les autres, la fraternité nordique sur le tas. On nous passe un bout de renne trop cuit, un briquet Zippo, des couverts, une salade de pommes à l'aneth, trois cannettes de Pelto-Pekka s'arrêtent à notre hauteur, un kit de préservatifs au menthol, une pince de crabe, un tube de sauce barbecue, voici l'addition détrempée qui est peut-être celle du voisin allemand qui nous croche sous le coude en beuglant ses *lieders*, on paye, on retourne au cap voir de près la fin du monde.

C'est un peu tôt, mais les soleils sont déjà bien éméchés sous les étoiles. Ils y font quoi, ces gougnafiers cramoisis, au milieu des étoiles ? Ils bougeaient, les soleils bougeaient, le soleil qu'on ne voit pas plus bouger que l'ombre figée sur le cadran solaire se contorsionnait sous le dôme étoilé comme une bête en cage.

Papa nous déniche un confortable petit lopin d'intimité sur la falaise, à l'écart du barouf des accordéons et des rires. Autour de nous, c'est la nuit, pas la nuit, un mal de mer qui serait un mal de nuit, avec des soleils naufragés sur tout l'horizon, et sur tout l'horizon les mêmes soleils prenant l'essor d'une belle journée bien neuve, juste l'essor, le faire semblant du matin qui sombre l'instant suivant.

À minuit la fête fait rage, elle siffle, elle rit, elle flambe, elle crie, se dépense en clameurs hystériques (chaque année, le 24 juin, l'indice démographique finlandais grimpe aux rideaux), elle se jette à la mer et part en ricochets opalescents dans la nuit blanche. La mer toute lisse et noire, toute rose, ne sait plus où elle en est, les aubes, les soirs, on reprend. Les bouffées récurrentes de saucisses grillées me rappellent que moi aussi j'aime la ripaille en plein air et pas seulement les cabrioles du firmament polaire. Il nous reste une bouteille de mousseux que nous buvons au goulot. Papa dit : « Non merci, p'tit vieux », puis deux secondes après j'entends chantonner des glouglous.

Trois jours que nous avons quitté Paris, on ne s'est guère parlé. On se dit chaque soir qu'on parlera demain, que les mots sont un mélange instable, explosif. Gare aux vieux explosifs des guerres d'antan, ils vous arrachent la peau comme ceux d'aujourd'hui. À quoi bon les reproches sous les soleils de minuit ? « Papa, tu m'as fait peur » « P'tit vieux, tu m'as perdu mes dents de requin » : *exit* la mémoire écœurée des impardonnables griefs de l'enfance, tout ça révolu, tout ça bon vieux temps absorbé dans la souffrance de maman. Qui aurait pu supposer que le p'tit frère, un jour, le vieux p'tit frère s'enivrerait gentiment la gueule avec son abominable père au cap Nord ? Et que tous les deux frotteraient les briquets Zippo du soleil de minuit avec les autres cinglés de la fête du spleen ?

Guère étonnant si « fête » rime avec « tempête », on dirait deux phénomènes régis par les mêmes lois atmosphériques. Force 10, 11, 12, une fête n'est rien d'autre qu'une tempête de joie qui cherche à submerger l'univers. Comme une tempête, elle a son paroxysme et comme une tempête elle finit par s'amadouer, mourir on ne sait comment, renvoyer dos à dos les fêtards et les dieux, et pas un soleil ne manque à l'horizon, minuit continue.

– Au lit, dit papa d'une voix empâtée de sommeil.

Au lit ! Où dormir ? On enfourcha nos vélos, on se mit à chercher. Papa faisait semblant de parler suédois couramment, les veilleurs en restaient bouche bée. D'auberge en guitoune, on finit par se dégotter une bannette, une seule, dans une chambrée d'alcoolos. La porte fermée à clé, il y avait des pochetrons à poil qui sortaient par la fenêtre et couraient s'affaler dans une mare à goélands, rejoints par des ivrognesses glapissantes. Le service d'ordre venait dénouer les embrassades, à la matraque le cas échéant, de blondes policières aussi défoncées que le reste du cap.

Je me rinçais l'œil au carreau, pensez donc ! Je les zyeutais à mourir ces jeunes gens couleur de platine, leurs ombres pareilles à des chats, leurs ombres enlacées. Croyez-moi, je serais bien allé tâter de cette fougueuse mixité qui sympathisait sous mes yeux à la gloire d'Ägräs et Vellamo (l'un dieu de la fertilité – couilles en forme de rave – l'autre une ondine étroite au pubis touffu), mais voyez-vous j'étais au lit tête-bêche avec papa. Et papa dormait. Et papa disait en dormant : « Je ronfle, p'tit vieux ? »

Bien sûr il ronflait. Il mêlait sa respiration tonitruante au barrissement des jeunes Vikings ivres morts de mélancolie. Une cacophonie de zoo. Elle était bien passée, la fête, il n'en restait rien qu'un mal de cheveux à hurler sur tous les crânes encore en vie. Un suicide, de temps à autre, le choc sourd d'un corps se fracassant au pied du cap.

Au petit matin-soir, café à la chaîne sous un auvent bondé, marmelade, saucisses et ventrèche de saumon avec les survivants – avec les blondes et les blonds. Ablutions collectives à ciel ouvert, partage du pécu, rinçage des gueules de bois à la buse rouillée d'un abreuvoir à porcs, à qui se brosserait le plus furieusement ses quenottes barbouillées d'aquavit, coke, bière, sperme, et autres bouquets garnis. Papa ne voulait pas tourner le dos au cercle polaire sans un au revoir un tant soit peu solennel à l'océan. Nous chaussons nos écrase-lande et nous voilà repartis vers le cap, sus au soleil couchant qui se lève un peu partout sur la mer.

À propos, il n'avait pas dit qu'il me souhaiterait ma fête, arrivé là-haut ?

20

À VENDRE

Ce phoque avait la même frimousse que Balzac.

– En moins joufflu.

– Ce phoque était gras jusqu'aux moustaches, et c'est par le gras que ce genre de poissons combat le froid.

– J'ignorais que Balzac fut un poisson.

– C'est même un poisson torpille[3].

Il dit ces mots du ton hargneux de celui qui veut toujours ajouter quelque chose à la parole de l'autre, même pas pour avoir raison, marquer un point, uniquement pour entendre sa voix résonner dans le dernier mot du débat.

---

3. Cuistrerie typique de papa qui méprise les cuistres et déplore parfois d'être aussi cultivé. La « Torpille » est un personnage de la Comédie humaine : Esther Gobseck, une ancienne courtisane amoureuse de Lucien de Rubempré dans *Splendeurs et misères des courtisanes*. Un chef-d'œuvre dont on ressort indemne. Ouf !

Phoque ou pas, nous avions quitté la Scandinavie pour Molène, une île du Finistère Nord où l'air richement iodé porte à la fantaisie des propos. Au large de Brest, il n'est pas exceptionnel de croiser le fantôme d'Honoré de Balzac ou celui de Chateaubriand accoutré en phoque de haute mer. Personne n'y verra d'inconvénient, *a fortiori* si vous racontez l'anecdote à table en mangeant des langoustines à la nage agrémentées de mayonnaise et de vin blanc. Dans un esprit partageur s'entend.

C'est exactement ce que nous faisons, papa et moi. Nous sommes arrivés la veille au soir par le nouvel *Enez Eussa* (il sent fort le gas-oil, une infection), et nous dînons au *Castel-an-Doll* d'une platée de langoustines que je renonce à dénombrer. Le muscadet suit un cours régulier, avec la mayonnaise en contrepoint, et, quant au phoque, il ne nous a pas lâchés de tout l'après-midi, nageant derrière nous tête en l'air à quelques brasses du rivage. Papa l'avait salué d'abord en breton, puis successivement en suédois, français, anglais, néerlandais, et pour finir en latin et grec, excipant du fait que Balzac avait suivi des études de droit, lesquelles font une large place aux humanités. Voyez le niveau !

– Tu l'as pris pour Balzac, mais lui de son côté se demandait si tu n'étais pas le *recteur de l'île de Sein*. D'ailleurs, il s'est signé.

– Tu crois ça, p'tit vieux ? Ce phoque aurait la foi ?

– On n'aura qu'à lui demander demain.

– J'ai déjà eu l'occasion de voir des phoques en liberté dans la rade de Brest, avec mon frère Jean. Oui, dans les années trente. Et plus récemment avec ton frère Hervé sur l'île d'Aurigny.

Il me regarde à ce dernier mot. Son propre regard le prend au dépourvu. Il ne s'attendait pas à croiser le mien. Le voilà raide, emprunté. Il rosit, replonge le nez dans ses langoustines, attentif comme je le suis moi-même au silence imprévu que son regard a fait naître autour de nous. C'est le moment où chacun peut lire à coup sûr dans les pensées de l'autre en tout point semblables aux siennes, au mot près : *« Pourquoi suis-je aussi gêné ? »* Les bruits du décorticage eux-mêmes ont l'air artificiels, fabriqués en studio.

En Scandinavie, tout s'était merveilleusement passé. Pas un mot suspect, pas un sous-entendu. Après le cap Nord, nous étions descendus en Suède voir les Edgren, les amis chers de papa. Quinze jours d'insouciance au bord du lac Värmeln. Nous avions cueilli des fraises des bois, des myrtilles, attrapé un brochet à la nasse, sillonné à pied les grands bois du Värmland, sans jamais nous disputer, sans un regard de travers. Un soir, devant la maison où papa somnolait couché torse nu sur l'embarcadère, j'avais tué une vipère qui s'approchait de sa main. Je l'avais décapitée d'un coup de pelle, ahuri par les soubresauts diaboliques du corps sectionné cherchant cervelle et venin pour repartir au combat. Il déclara d'un ton grave au dîner, parlant de moi : « Je crois bien qu'il m'a sauvé la vie. » Aucune phrase n'aurait pu me combler davantage.

Dans le tortillard qui nous emmenait de Khil à

Gothembourg, le lendemain après-midi, il m'avait dit « merci, p'tit vieux » en soupirant. Je n'avais pas compris pourquoi, mais à ces mots, je m'étais fait l'effet d'un ami à lui, d'un fils qui serait son ami.

Il avait bien changé, depuis notre arrivée à Molène. Je le sentais avec moi distant et faux. Je le sais bien qu'il est venu passer du temps sur l'île avec Bouéboué : qu'ils ont vu des phoques, pêché le homard et l'ormeau, tremblé d'émotion devant les couchers de soleil et fait le plein d'une mémoire de cocagne qu'ils emporteront dans l'autre monde. Je le sais, je m'en fiche. C'est lui qui ne s'en fiche pas. Il s'en veut de partager avec moi cette légende dorée. De buter à chaque phrase sur le souvenir de son fils aîné.

– Tu comptes faire quoi, cette année ?

– Repartir en bateau.

– C'est vrai, dit papa l'air dédaigneux, ton bateau ! Il va comment, celui-là ?

Première question depuis que j'ai sonné au 52. Je ne réponds pas. Je réécoute la question, le *Comment va ?...* Je m'enivre de ce *Comment va ?* J'attends les suivants. Je les ai toujours espérés, mais sur un autre ton. *Comment vas-tu, p'tit vieux ? Est-ce que tu es amoureux ? Marié ? Est-ce que tu as des enfants ? Et comment tu as vécu, ces cinq dernières années ? Comment tu as fait pour gagner ta vie ?* Je suis venu répondre à ces questions jamais posées en Norvège, en Suède. Et répondre même à ce « comment » qui vous intrigue depuis un bout de temps : le « comment » pécuniaire du bateau, les cinquante pieds de long avec les deux mâts et les huit altuglas bleu-noir autour du bandeau de roof ? Après ça je pourrai dire à mon tour : et toi, papa, comment ça va ? Et plus besoin d'aller jusqu'au cap Nord pour essayer d'avoir quelque chose à nous dire qui serait à nous deux en dehors du reste de la famille, et qui fait qu'un père, à la longue, c'est encore plus doux qu'un ami.

– Il pourrait aller mieux.

Papa l'a déjà vu, mon bateau, le jour de son baptême à Lorient. Une belle fête avec des amis en l'honneur de sa mise à l'eau. Il est grand, mon bateau, il en met plein la vue aux dames : cinquante pieds, deux mâts anodisés bronze, les flancs vert émeraude à parements blancs, les altuglas de roof bleu-noir, le vrai beau gosse. Oui, mais aussi trois voiles quand il en faudrait dix, un moteur d'occasion en panne, un bib de survie jamais révisé, une étrave qui pique du nez dans la brise, des toilettes peu efficaces, une police d'assurance impayée, des factures en rade. De vous à moi, le panneau À VENDRE, sur un voilier de cinquante pieds à court d'argent, c'est encore ce qu'il y a de plus sain. C'est d'ailleurs le seul moyen de lui sauver la vie, quand la rouille galope après l'huissier.

Je décris la situation à papa qui garde les yeux baissés, ne touche plus aux langoustines, je vois frémir ses longs cils. C'est drôle comme on les voit bien, les cils de quelqu'un qui veut cacher sa haine, et comme de petites lamelles de regard lui montent entre les cils.

– Tu t'es pris un sacré bouillon ! dit-il sans me regarder, courbé sous le poids des chèques qu'il a dû signer pour me sortir du pétrin, chaque fois qu'un de mes voiliers tournait au fiasco. Et soudain, j'ai tout son regard dans les yeux comme s'il me noyait… Ton frère, dit-il d'une voix rauque, à fleur de sang, ton frère aîné. Tu n'avais qu'à l'acheter avec ton frère aîné – ton bateau ! Tu n'en serais pas là…

21
J

REVENU À BREST sur mon voilier maudit, je commençai par doubler les amarres en prévision d'un hivernage complet. Puis j'écrivis sur la table du carré une biographie de Béla Bartók, l'auteur de l'*Allegro Barbaro*. À ceux qui souhaiteraient une explication à ce geste littéraire insolite, je répondrai : parce que c'était lui, parce que c'était maman, parce que c'était moi couché sur le bulgum de ma chambre, la nuit, écoutant les percussions de la sonate pour deux pianos jaillir à plein volume du Pathé-Marconi familial, parce que Tita m'avait joué du Bartók sur le premier des pianos à queue à n'avoir pas craint chez nous la présence ogresque du stylo noir de papa derrière le mur du salon, parce que j'aimais ce Finno-Ougrien désolé de n'être pas juif, en 39, qui faisait des pieds et des mains pour arborer de plein droit l'étoile jaune, avec son « J » de Juden plus maudit même que l'« H » de Hungaria, parce que j'étais lui, parce qu'il était moi, parce qu'un éditeur de rencontre m'avait dit : vas-y, me donnant les sous du livre et du voyage à Budapest.

En six mois, j'écrivis ou plutôt je m'arrachai des tripes cette biographie tellement gentillette que j'en rougis aujourd'hui : trop jeune à l'époque, ou trop timoré dans l'ombre du grand Spi, pour ouvrir les vannes à l'énergie contenue dans ce nom de Bartók – *alias* Tubal Caïn –, à cette violence du tempo qui faisait bondir mon âme et mon sang.

Quand j'eus entre les mains le premier exemplaire de « ma » biographie nommée *Bartók*, il me sembla que Shakespeare venait d'innover « l'ombre qui passe », et j'allai porter cet exemplaire amoureusement dédicacé à papa, comme on irait déposer une offrande au pied d'un dieu.

– Bon esprit de synthèse, me dit-il quelques jours plus tard… Évidemment, ce n'est pas un roman.

J'en écrivais un, justement, sur la guerre d'Algérie. J'y passais mes jours et mes nuits en écoutant du jazz, cette fois, m'accordant le minimum de sommeil nécessaire au repos du stylo. Elle était simple, l'histoire : c'était la mienne, c'était moi déguisé en gamin qui part à la guerre et qui tue. Il rentre chez lui pas vraiment la bouche en cœur ni la fleur au fusil. Sa femme est là, bien sûr toute contente, pomponnée, mais au moment de reprendre le fil de la vie quotidienne on s'aperçoit que le fil est rompu. C'est bien simple, il n'y a qu'à faire un nœud, comme à la maternité. Toute la vie s'en sort avec ce moyen du bord : on fait un nœud. Reste à savoir si le nœud va tenir, matelot ! ou si le bateau va couler.

Voilà mon *Charme noir* – un homme, une guerre, un couple.

À ceux qui souhaiteraient une explication à ce geste aussi présomptueux qu'anachronique, je répondrai : parce que c'était moi, parce que j'avais besoin d'avoir peur, de haïr, d'aimer, de tuer, de renaître dans la peau du salopard au cœur pur qui viole à toute heure la chair fraîche, en se signant d'une main souillée par la baise, parce que j'étais d'une génération d'après-guerre, historiquement planquée dans les *Glorieuses*, et aussi parce que mes copains plus âgés, des « anciens » d'Algérie, me racontaient les plus belles histoires de vie et de mort qu'imaginaire d'écrivain puisse vouloir enfanter sur la page.

Sitôt publié, j'allai porter mon roman d'Algérie à l'auteur de mes jours. Le jeune homme parfait, voyez-vous, tout rengorgé de vanité mielleuse, assez faraud d'avoir son nom sur une jaquette au chiffre de la NRF.

Semaines et mois s'écoulèrent, et les trouvant bien longs je téléphonai à papa.

– Ça va, p'tit vieux, merci. Ah, j'ai lu ton roman... Une image intéressante à chaque paragraphe... Beaucoup de gros mots, aussi, dis donc tous ces gros mots... Et puis tu règles des comptes... C'est moche de régler des comptes avec un roman... Le premier roman s'écrit toujours facilement, on se raconte... C'est autre chose après, on verra le second. Tu comptes persévérer ?

– Je suis déjà bien avancé, oui.

– En fait, je t'attends au tournant du second.

Moi ! Régler des comptes avec de la nuit blanche et du papier désert, du jazz migraineux, moi prendre toute une guerre à témoin de mes petites maltraitances de cadet vexé de n'avoir pas les yeux bleus ni la place de l'aîné dans la fratrie. C'est à MOI, papa, qu'il fait de la peine ce roman. J'y ai mis tout l'amour, toute la souffrance et toute la clownerie des choses dont je suis capable à l'âge que j'ai. Et s'il règle des comptes c'est avec l'auteur, avec ton fils, c'est uniquement dans mon jardin secret qu'il fait sa popote de perdition.

22
Le tournant du second

MON BATEAU VENDU – avec les pinces à linge –, je n'eus de cesse que je puisse en racheter un autre tout aussi grand. J'étais à l'époque d'une pauvreté de mendiant. Le ciel, que pour ma part j'appelle maman depuis le 15 mai 1970 me donna un coup de pouce à l'instant précis où le désespoir et moi nous acoquinions sans chiqué. Autrement dit, filant le parfait amour sur cette ligne de fêlure intérieure aujourd'hui dénommée *border line*. Un lundi matin, retour de Sausalito, je reçus le prix Goncourt et je courus au Salon nautique, qui tenait déjà ses quartiers porte de Versailles, faire l'emplette d'un *First 456*, le voilier mythique dessiné par le Danois Germán Frers, le père adulé du cygne noir dit *Swan*.

Ce fut un moment de vive émotion, cet achat. Je n'avais pas un sou en poche, mais j'avais le prix Goncourt, et tous les marchands de grands voiliers inabordables se disputaient mes politesses de voyou, m'invitant sur leurs stands à considérer leurs offres d'acquisition à travers des bulles de champagne, me laissant reluquer dans ce prisme avantageux leurs épouses et pourquoi pas leurs maîtresses.

Sorti du Salon, je courus boulevard Garibaldi m'acheter un cabriolet *Jaguar* XJ *12,* bijou dont Bouéboué m'avait dépeint les subtilités mécaniques au début des années soixante et les redoutables aberrations qui pouvaient expliquer l'attribution systématique de la palme d'or à l'XJ *12,* l'automobile anglaise la plus chère et meurtrière du catalogue. Je n'avais toujours pas le sou, et pas davantage le permis – que d'ailleurs je n'ai jamais eu –, mais le directeur de la maison Jaguar, bouleversé, ne voyait aucun inconvénient à ce que j'achète un second cabriolet au prix fort, le même, d'ailleurs, toujours ce ton bleu canard tirant sur le bleu canard de mon voilier vendu – paix à ses rouilles. Et pour le paiement, vous n'avez qu'à téléphoner à la NRF, ils ont leur numéro dans le Bottin, et demander Antoine Gallimard, mon éditeur, celui-ci bien connu des romanciers fauchés sous le nom de M. Rubis-sur-l'Ongle.

– Vous ne prenez pas l'un des cab's ?

– L'un des cab's ? Ah, les *Jaguar*... Pas le temps, cher monsieur, je repasserai.

Non mais quel choc, ce Goncourt ! Quel choc de rêve ! Comme ça, tchac ! merci maman. Ne pouvant appeler maman directement, je crus bien faire en appelant papa. Or, à deux pas de la maison Jaguar, sous les arches de fer du métro Sèvres-Lecourbe – séjour des autos tamponneuses et des barbes à papa – une cabine publique n'attendait que moi pour diffuser la nouvelle.

Je voyais même le lycée Buffon, l'horrible pénitencier du lycée Buffon.

– Papa ?… Tu ne vas pas y croire, papa.

– Je sais, la femme de ménage m'a prévenu.

– Je viens d'acheter un poisson rouge.

– …

– En fait, papa, c'est moi qui ai le prix Goncourt cette année.

– J'ai du boulot, p'tit vieux, raccroche.

– C'est pas vrai pour le poisson.

– …

– C'est juste vrai pour le Goncourt.

– La femme de ménage m'a…

– … t'a prévenu, ça va !

Et soudain, j'en ai marre de cette ombre confinée toute grouillante d'acariens à tête de mort, du souffle de papa, du souvenir de maman, je n'ai pas assez de mots pour m'excuser du temps que je lui fais perdre, à mon père, avec tout ça, tout ça, avec moi, ma vie, mes bateaux, au revoir papa, désolé, pardon, merci… Et ce fut la première et la dernière fois où, sans même raccrocher, pris d'une rage de perdition, je mis en pièces le téléphone encrassé d'une cabine publique comme s'il y allait de ma vie.

Le Goncourt ! J'étais lauréat du Goncourt ! La honte ! Il ne me le pardonnerait jamais…

Le Goncourt et ce *456* baptisé *Baba Yaga* me valurent de longues années d'amitié voileuse avec mon éditeur Antoine Gallimard, et d'amitié gargantuesque avec mon éditrice Françoise Verny, une période où j'eus également femme et enfant. L'argent affluait et j'éprouvais une délectation de maître-nageur à voir ces dizaines d'amis éphémères initier d'autres amis éphémères aux joies de la natation dans les eaux intarissables du bien d'autrui.

Au bout d'un an, je fus la proie d'une intuition qui m'ordonnait de téléphoner à papa – Port-Royal 97 33 – toutes affaires cessantes. Eh bien le croirez-vous, mais j'eusse été mieux avisé de continuer mes petites affaires dans mon coin, car il restait buté sur l'idée fixe d'un Goncourt qu'il avait du mal à digérer. Il avait rencontré Jean-Edern Hallier, et Jean-Edern Hallier lui avait dit tout de go que le père avait plus de talent que le fils... Ah bon, papa, il t'a dit ça ? Oui, à brûle-pourpoint. Et moi je lui ai répondu. Me prends pas pour un con ! Ah bon, tu lui as dit ça ?...

Je le connaissais bien, le Jean-Edern, un du Goncourt, lui aussi, un grand faiseur frustré du toutim littéraire qu'il vomissait à s'en crever les boyaux. Chef d'escadrille, Jean-Edern, si les jaloux avaient pu voler. Cette histoire me peinait. Elle n'était pas digne de papa, de son génie, de sa hauteur de vues. Je m'en foutais bien, du talent : le mien, celui du grand Spi, rien à voir avec cette peine d'enfant que je me trimballais comme une infirmité, à trente ans. Tita m'avait raconté la scène avec Hallier avant papa. Tanguy me l'avait racontée. Puis un confrère écrivain m'en parla d'une voix railleuse. Puis un témoin direct qui ne se rappelait pas le : « Me prends pas pour un con ! » mais seulement : « Ne parlons pas de ça veux-tu. » Puis ce fut de nouveau papa voulant s'assurer qu'il m'avait bien tout dit sur cette anecdote ignoble qui s'achevait maintenant par : « Toi, je ne te conseille pas de me prendre pour un con ! » Heureusement qu'il ne me la raconta pas trois fois. Jean-Edern Hallier aurait eu la tête en sang. Tous mes droits d'auteur y seraient passés, et tous mes amis !

Suite à un incident d'amitié de peu d'intérêt dans un livre comme celui-ci, je dus remonter en solo mon *456* de Gibraltar à Toulon. Ce n'était pas pour me gêner, notez bien. La tranquillité, l'amitié des ondes et du vent, l'odeur de la mer, les poissons à la traîne. On était le 16 juillet 87, et le 19 j'étais attendu aux chantiers navals QUO VADIS en vue de quelques mises au point techniques. Je n'avais que trois jours et demi pour traverser la Méditerranée, passer du nord au sud, ce qui n'a rien d'exceptionnel quand le vent souffle dans la bonne direction. Ce n'était pas le cas le jour du départ et la météo promettait une pétole carabinée pour les soixante-douze heures suivantes, sauf à se dérouter de cent nautiques pour aller chercher vers la Libye une bascule de suroît pouvant monter la nuit à quarante nœuds, rafales à quarante-cinq. Quarante-cinq nœuds vent arrière, sous pilote et foc réduit, c'est juste le scénario béni pour un *456* faisant route de Gibraltar à Toulon. Je me déhalai donc au moteur à la rencontre du vent libyen, et moins de cinquante mille à l'est le vent se mit à souffler dans les voiles, un souffle d'une telle soudaineté que force m'est de vous en parler au présent, de « basculer » comme dit l'orage intempestif au voilier dont il fait son jouet.

Car c'est au présent que l'orage me tombe dessus, cette nuit-là, m'ouvrant de force les yeux, me jetant ses gants de crin au visage et les frottant, m'arrachant les cils de mes yeux d'orgueil et me présentant cette mer en furie comme une part de moi-même impossible à refouler plus longtemps.

Je suis à califourchon sur le triangle avant du voilier – à cheval, à dada, les pieds dans le vide. J'essaie de faire un nœud, un nœud tout con. Que le génois déroulé fouette la nuit de ses lambeaux d'agonie qui m'assomment à chaque embardée, vous le savez déjà. J'ai dans la bouche un goût de sang. Allez faire un nœud sur le dos d'un cheval emballé, je vous en prie : faites-le pour moi ! J'en oublie que le pilote a l'air de tenir le coup dans cette chevauchée. Un nœud, une ficelle, un trou, pas plus con !… Depuis une éternité, sans penser à rien d'autre que cette ficelle, ce trou, ce nœud réclamé par l'enrouleur du génois. Et c'est non, de plus en plus non, les doigts gonflés comme si j'avais d'énormes gants de sel blancs façon Mickey Mouse. Un chien passe devant moi, sympathique en diable. Un frimeur d'épagneul roux, il veut jouer, il rigole, il bondit par-dessus bord dans la nuit. Le revoilà mon épagneul, toujours aussi joueur, bondissant. Il va me faire tomber à la mer, ce fou. Ho ! Je lui dis ! Ho ! Ho !… Fais gaffe, oh ! Mes pognes de sel cramponnées au balcon. Ho ! T'es pas tout seul. Il ressemble à... Et pourtant papa n'est pas roux, cet épagneul n'a pas les yeux bleus.

Qu'il m'en veuille du Goncourt, passe encore, et qu'il trouve laid mon *456*, après tout. Mais qu'il n'ait pas lu mes *Noces* ou pas voulu m'en dire un seul mot depuis deux ans que le livre est sorti, non, papa, non, c'est un peu gros, souviens-toi du *Pendu,* non. Déchire-les, mes *Noces*, si mes *Noces* te font du mal, déchire-les devant moi sous le regard sidéral de maman. J'écrirai pire, la prochaine fois, tu n'auras qu'à me parler du style et des gros mots, en trois secondes et pas quatre, histoire qu'il n'en soit plus jamais question, pas de ça entre nous, p'tit vieux, baisse d'un ton, n'oublie pas ta grande bouche et tes oreilles décollées, n'oublie pas ton FRÈRE AÎNÉ, et ne crois surtout pas, quand on a le mauvais rôle dans une famille unie, depuis tout petit, et qu'il faut bien que quelqu'un l'ait pour tous et fasse ricaner la galerie à ses dépens, qu'il soit possible d'en changer en écrivant pour *Margot* des barbaries de pacotille, en ayant le Goncourt ! et tout un circus de mirliflores dans ses basques, non mais tu te prends pour qui ! Tu crois sincèrement que c'est en écrivant ce que tu écris qu'on se fait une place dans une lignée ? Je ne t'avais pas dit que je t'attendais au tournant du second ?

Au lever du jour la mer se calma, remballa ses chevaux, son épagneul, son barnum, se fit un brin de toilette. Les mégères se ressemblent toutes. Elles cassent la baraque, se repoudrent le bout du nez et la fête continue.

Pour commencer, je fis le nœud qui m'avait résisté au cours de l'orage, un nœud qui ne servait plus à rien vu l'état du génois. Puis, je montai le téléphone sur le roof, un Immarsat phone à tu et à toi avec les satellites géostationnaires.

C'est un moment paradisiaque, l'après-nuit blanche en mer, l'après-chaos, le retour à la vie. On renaît, on s'accroche au rêve, on s'endort au cœur de la tempête enfuie, on l'imagine à tête reposée, on voit un épagneul ouvrir en grand les volets verts d'une maison d'enfance, on regarde la lune aboyer entre les porcelaines ébréchées des éclairs, on dit oui papa, oui papa, tu as raison papa, oui, tu as les yeux bleus papa, et l'on revient à volonté au paysage de calme plat voluptueux autour du voilier, tout doux et tout silencieux avec son chœur de petits bruits métalliques du côté du mât. On reprend goût aux odeurs, le soleil chauffe le teck du pont, l'inox du balcon sent bon quelque chose, il sent bon l'inox et la mer sent bon la haute mer apaisée qui ne recommencera plus, juré. Le café au lait que je vais me boire, moi, avec mon premier kilomètre de pain beurré.

Le plus fortiche, au large, avant d'émettre un appel Immarsat, c'est d'orienter l'antenne vers le satellite, dans le quadrant sud-sud-est, à l'heure H. Une fois chopée l'oreille du satellite, on est au 52, dans le Bureau paternel, à gauche du manuscrit, sous la méduse de verre fumé. Port-Royal 97 33.

– Je m'aperçois qu'il est cinq heures et demie du matin, papa, désolé, je te rappellerai plus tard.

– Je suis content de t'entendre p'tit vieux.

– J'aimerais t'inviter à déjeuner, papa.

– C'est moi qui t'invite, grand. Depuis le temps que je voulais te parler des… de ton bouquin.

– Demain, tu peux ?

– Demain c'est parfait. Je me réjouis, p'tit vieux. Demain midi et demi au *Roi du Couscous Marocain*. Tu vois où c'est ?

23
Sire le Roi

LE ROI DU COUSCOUS MAROCAIN, à vingt minutes de l'aéroport d'Orly Ouest, trônait avenue Denfert-Rochereau, sous les marronniers en fleurs de la contre-allée. J'y suis déjà venu avec papa à l'âge où je poussais un cerceau de bois rafistolé dans la rue (rien de plus chiant !). J'avais mangé là-bas mon premier couscous, ma première merguez, mon premier harissa maison, mon premier pois chiche, mes deux premières cornes de gazelle, j'avais bu mon premier thé à la menthe, et vécu tout cela comme un premier dépucelage vis-à-vis du mystère de la chose arabe, un sujet sensible à Paris en ces temps de pétardages OAS à répétition.

Papa était déjà là, plongé dans la lecture de *La Croix*, lorsque le fils du roi Couscous se confondit en courbettes et congratulations pour m'accueillir dignement chez eux, dans leur humble demeure où défilait le Tout-Paris des ministres, starlettes, comédiens, couturiers, musiciens, intellos, barjots, travelos, et fans du *Nouvel Obs* et *Libé*.

– Salut, papa.

– Salut, camarade petit vieux.

Je ne pensais pas être aussi ému en entendant l'éternel « petit vieux ».

Il m'embrassa chaleureusement, me serrant la main dans le même élan. La dernière fois qu'il m'avait parlé, j'avais le cordon téléphonique d'une cabine publique autour du cou, prêt à me faire un nœud coulant s'il me disait un mot de plus. Je m'installai sur la banquette en face de lui, et le partage de midi commença.

De boulaouane en boulaouane – délicieux vin régional d'Afrique du Nord – le couscous royal vit nos appétits bretons légendaires marquer une pause au bout d'un moment. J'avais mangé un mulet pour six, et papa une daurade rose pour trois (citant Rimbaud comme chaque fois qu'une daurade lui présentait ses respects). De quoi parlions-nous ? Moi, je ne parlais pas. J'apprenais beaucoup. Je faisais le tour des chancelleries où se jouait le sort du monde libre, et celui du monde aux crochets du monde libre, et celui du monde où l'on armait des enfants soldats, et celui d'une planète où l'air charriait des particules fines – « Qu'est-ce que j'avais dit, p'tit vieux ! Avec leur cochonnerie d'essence ! » – et l'océan des microchimies industrielles qui déformaient les yeux des poissons. Nous en étions là. Dans moins d'une minute, montre en main, je recueillerais d'une oreille assidue les informations précises et chiffrées sur le déclin des flottes de pêche hauturières bretonnes, en dépit d'un ministre de la Mer breton, le Lorientais Louis Le Pensec, un esprit marin comme le gouvernement français n'en avait jamais connu avant lui, ni sous de Gaulle ni sous Clemenceau. Et l'embrayage se ferait naturellement sur la personnalité contestée du formidable Alexis Gourvennec, le Jean Valjean de la paysannerie de l'Ouest, l'inventeur visionnaire de la passerelle transmanche, l'affameur des banquiers qui pourtant s'en…

Top ! À toi papa :

– Bruxelles impose des quotas iniques, p'tit vieux, et l'on voit bien que nos marins pêcheurs bretons ne logent pas à la même enseigne que leurs confrères du littoral cantabrique. Ils n'ont pas de plateau continental, et alors ! 362 580 tonnes de cabillaud, ce n'est pas…

C'est toujours précis avec papa. L'heure, l'argent, les poissons, les nombres ne sont jamais d'humeur à plaisanter. On peut être généreux et connaître la valeur d'un sou, d'une miette de pain, d'un « p'tit vieux » qui dit peut-être un « je t'aime » incapable de se dire autrement. Ainsi va le message évangélique à travers le sang des enfants de Jésus qui ne s'en sortent jamais du bien et du mal une fois qu'on les a bien vaccinés contre le plaisir de s'aimer les uns les autres de chair à chair, sous peine d'enfer et damnation.

Deux damnés partagent la jouissance d'un couscous marocain vidé de la plupart de ses forces vives après deux heures et demie d'une déglutition acharnée.

– Et toi, papa, ça va ?

– Ça va, p'tit vieux.

De la poche poitrine de son veston, il sort une coupure de journal et me la tend dépliée. PRESSE OCÉAN. *Presse*

Océan est manuscrit au stylo sur le bout de journal. Six ou sept lignes au plus, sans photo, non signées, une recension bâclée du *Phare,* le dernier roman de papa. Je lis. Favorable, complaisant, copinant, sans beaucoup de sincérité, un rien narquois. Je crus qu'il plaisantait, jouait la dérision. Tu parles, il ne me quittait pas des yeux. Son regard disait : on parle de moi dans les journaux. Tant qu'on parlera de moi dans les journaux, tu me devras admiration et respect. Des centaines de frères humains ont lu chez le coiffeur cet éloge de mon dernier roman, dans les salles d'attente, dans leur lit. Henri Queffélec, c'est moi. « J'ai fait célèbre un nom qu'on m'a transmis sans gloire. » Et depuis 1944, chaque fois que l'un de mes bouquins sort en librairie, la presse est là pour en parler, dire : Henri Queffélec c'est lui, le « chantre de la mer », « la mer dans le sang », « le recteur de l'île de Sein », « le peintre des passions et des âmes », « le grand prix du roman de l'Académie française »... Il y a tout cela dans la prunelle de papa qui visiblement cherche à m'en imposer, lui l'homme le plus humble et le plus intelligent qui soit dans la comédie humaine. Et qu'au même instant, ce dont je me fous en ces minutes heureuses de complicité au royaume du couscous, je sois en tête des ventes de romans en Allemagne, en Belgique, en Suisse, en Espagne, et que les mégapapiers continuent de pleuvoir sur mes pauvres *Noces*, papa ne veut surtout pas le savoir, repoussant une évidence qui mettrait la sienne en détresse, voire l'anéantirait dans l'opinion qu'il se fait de moi en face de lui.

– Bravo papa ! J'ai hâte de lire ton roman.

– Je t'en ai apporté un exemplaire, p'tit vieux.

– Merci papa.

– Écoute, p'tit vieux, je pense que tu devrais l'aimer. Tes frères et sœur l'aiment beaucoup. Les phares sont une noble cause, tu sais.

Il prend des nouvelles des miens, me donne des nouvelles du clan Queffélec parisien, brestois, versaillais, du clan Queffélec où qu'il ait fait souche hors les murs, des nouvelles de Marie-Louise : Bébelle ou Maroui, sa nièce qu'il aime tendrement. Il fait signe à sa Majesté Couscous et un coffret de bois précieux atterrit aussitôt sur la nappe maculée de sauce rouge, ambassadeur de la royale addition. Papa veut payer, papa en fait une question d'honneur, de vexation, de représailles, une leçon d'amour-propre, allez débrouiller les fils de l'orgueil chez deux damnés se disputant la gloriole de rincer la dalle à celui qu'il méprise, eh bien qu'il paye, le grand Spi ! Et tant mieux si ça lui fait plaisir de refuser de déjeuner sur les deniers mal acquis d'un fils dont il ne sait toujours pas s'il faut en avoir honte ou l'applaudir et le faire applaudir par toute une famille retrouvée.

Papa est grave surdoué. Papa sait que je regarde papa en douce. Par la pensée il me regarde le regarder. Papa déplie son chèque comme il a déplié la coupure de journal, un moche chèque jaunâtre du CCF qui sent à plein nez son banquier radin. Il prend son temps. Il fait ce geste rituel propre aux écrivains comme aux tueurs à gages, plongeant la main dans sa veste à la recherche de l'arme de poing. C'est un stylo l'arme de papa depuis ses premières écritures au lycée Kérichen de Brest, l'arme de papa. Tiens, ce n'est plus un *Waterman*. C'est un *Parker* noir à plume de fer, un stylo qui ferait ricaner un marchand de *Jaguar* ou de *456*.

Je regarde papa rédiger l'addition sur le chèque. Il a l'air de dédicacer, aussi majestueux que s'il écrivait le début d'un roman ou m'écrivait à moi. De quoi mon cœur bat-il si fort à cet instant ? De quelle tristesse ? De quel sentiment d'inimaginable gâchis ? De quelle envie désespérée de revenir sur le temps perdu, enfin conscient que tout a un prix sur le moment, que tout retard fait sombrer l'univers et que le temps est irrémédiable. Papa relève la tête, satisfait, les dés sont jetés.

– Je t'ai apporté ceci, p'tit vieux.

Il m'offre un exemplaire du *Phare*, son dernier roman. Dédicace neutre. Il forme des vœux bienveillants pour les miens et pour moi. Il signe *Pater Amicus*.

– Moi aussi, papa, j'ai un cadeau pour toi.

À ce vieil ami des carnets de notes souples et discrets un luxueux cahier-livre noir à coins bordeaux, des plus m'as-tu-vu pour un écrivain. Il paraît agréablement surpris. Il feuillette les pages blanches comme s'il lisait quelque chose. Un bien bel objet littéraire, une allégorie de la blancheur mallarméenne, à conserver en l'état neuf et blanc dans sa virginité.

– On y va, p'tit vieux ?

Nous faisons quelques pas dans la contre-allée. Nous nous séparons sous les pattes entrecroisées du Lion de

Belfort, des pattes blanchies par les tags. Nous nous promettons de nous revoir vite et d'aller marcher en forêt. Je le regarde se diriger vers l'avenue du Parc et l'émotion m'étreint. Mon père. Il n'est pas si grand que je croyais. Il se tasse avec les années, sa démarche est moins assurée. Il y voit moins bien, j'en ai peur. Je regarde s'amenuiser sous les platanes l'homme de ma vie. Qu'est-ce qui m'empêche de lui courir après ? On se dit ces choses-là, on les imagine, mais dès qu'on veut les mettre en pratique, passer au concret, il n'est plus temps. D'ailleurs il a disparu. Quel âge il a, papa ? Quel âge peut avoir un homme comme ça ?

24
Sous-bock

Je me sentais un peu japonais, un peu américain, maintenant, un peu british dans cette ville en vacances d'où les Parisiens avaient fui. De petits attroupements d'étrangers battaient la semelle ici et là, s'ébaubissant devant les égouts (notre Venise d'immondices), le mémorial du FFI, les catacombes où j'avais servi la messe, le mercredi des Cendres 59, et dérobé un crâne humain pour épater une fille du catéchisme qui m'avait dénoncé. J'ai suivi le boulevard Raspail sans raison consciente, ça descendait, c'était frais. Des portes d'hôtels s'ouvraient dans l'ombre et chaque fois j'imaginais ma clé balançant au tableau d'accueil sa chaude lueur de cuivre, le concierge penché vers moi, l'air polisson : « Madame est déjà là-haut… »

Mes pensées voguaient sur les ondes alanguies du boulaouane, mon *456* en carénage à Toulon, ma fille en vacances en Espagne avec ses grands-parents, mon prochain roman qui broyait du noir dans un début sans suite, sans avenir, papa heureux de déjeuner avec son fils, et moi heureux d'avoir déjeuné avec papa sans qu'il parût m'en vouloir de quoi que ce soit. J'avais rudement bien fait de titiller le satellite géostationnaire de France Télécom, la veille, pour solliciter cette petite partie de couscous finement roulé par les doigts potelés de la Reine – de la Reine Mère et de la Reine Fille, une Malika de vingt-deux ans championne olympique du service rituel du thé à la menthe, avec jet brûlant d'un mètre vingt-huit versé, une main derrière le dos, sans perdre une seule goutte.

J'allais en tongs, en short et en tee-shirt, et pas l'ombre d'une valise ou d'un sac à la main, aucune brosse à dents coincée dans ma poche revolver. J'attendais que le hasard fît bien les choses en ce quartier tellement de fois sillonné dans l'enfance et à tous les âges de ma vie, de jour comme de nuit. Montparnasse, le « Montparno ». Un détail me chiffonnait, concernant papa. S'il m'avait épargné toute allusion aux mâchoires égarées du squalet, il n'avait pas dit un mot non plus du *bouquin* qu'il se flattait d'avoir lu. N'était-ce pas le but de ces instants pantagruéliques, de ces retrouvailles, le *bouquin*, sa lecture du *bouquin* dont il perdait le titre avec la même désinvolture que moi les dents primitives de la mer ? Est-cc qu'il l'avait lu, seulement ? Je finissais par me poser la question.

Au métro Vavin, j'ai descendu la rue Bréa sur une centaine de mètres et je me suis arrêté au n° 3, là même où vivait mon copain Christian au premier étage. Il suffisait de lancer d'en bas : « Christian », et il descendait aussitôt. Il ne descendit pas. Et quand j'eus crié, hurlé Christian une bonne vingtaine de fois sur tous les tons, attirant les riverains furieux aux fenêtres, j'admis à contrecœur qu'il n'était sans doute pas chez lui. J'ai du mal avec la réalité. Je cherche à la ployer quand elle me contrarie.

Christian et Claudius – un Bordelais, un Cévenol, mes deux meilleurs amis – sont les hommes les plus spirituels que j'ai rencontrés. Ils ne se connaissent pas. Les deux m'ont conté les monts et merveilles des horreurs de leur guerre d'Algérie, toile de fond du *Charme noir*, mon premier roman. Pas besoin de rendez-vous pour se voir. On se voit, on refait le monde, on ne se quitte pas avant d'être arrivés à nos fins. On remet ça à la première occasion. L'occasion du larron. La nuit.

Quand Christian n'est pas au nid, on a de bonnes chances de le trouver au *Boucanier*, une adresse intéressante de la rue Jules-Chaplain (de grâce ! Je n'en sais rien qui c'est ! Voyez Internet !). (Au *Boucanier* se rencontrent les amis des amis.) Rien de la boîte pigalienne aux pulsions éruptives : un vrai club, d'affinités lentes et complices autour du couple fondateur de cette oasis de volupté haïe de la confrérie des vieilles filles mariées (mais qui n'a pas ses ennemis en cette vallée de poussière et de larmes ?) j'ai nommé Jack et Maud.

Jack est un insomniaque d'une soixantaine d'années, les mains moites, les cheveux gris, le teint rosbif. Sa lèvre supérieure, jamais rasée de près, garde le vague souvenir d'un tesson de bouteille de rhum. Il a sa place à l'extrémité du bar, comme son dernier verre (il ne boit rien d'autre). C'est lui, le *Boucanier*, sa femme l'appelle Boucan, les filles M. Boucan.

Maud est une ronde assumée sur le retour, drapée d'orange ou de vert céladon, le cheveu long, gras et gris, des peignes d'écaille aux tempes et la clope maïs au bec, le rire un peu criard (comme toujours les Anglaises). Elle va, elle vient, Maud, la vraie maîtresse de maison, et de temps en temps elle met une beigne au client. Elle ne veut pas qu'on embête ses petites protégées.

De Maud les amis disaient : Quelle sacrée bonne femme !

De Jack : une crème de bonhomme !

J'étais bien vu au *Boucanier*. Un agrandissement de mon portrait, boucané lui aussi par les tabagies, s'étalait sur le miroir mural derrière le zinc. On lisait difficilement la citation choisie par *Télé 7 Jours* : SANS LES FEMMES IL N'Y AURAIT PAS D'ÉCRIVAINS. C'est vrai, quoi, sans les femmes… C'est bien pour les charmer qu'il charme des phrases, l'écrivain. Même Proust, il ne sait rien faire d'autre que charmer les femmes, les seules à désirer comprendre ce qui se trame dans le jardin secret des intentions d'un romancier qui sont la buée du sentiment tragique de la vie. C'est pour elles qu'ils charment la buée, tous, pour vous.

– T'es le fils à qui, toi ! Maud à mon entrée, avec une grande rasade d'hilarité forcée. Elle interpellait ainsi tous les nouveaux venus. Elle estimait que le père a droit au respect d'abord, mort ou vif. Et le fils, c'est ce qu'on verra. Elle gueula : « Christian n'est pas là, on l'attend. »

Christian arrivait toujours. Le messie des heures indues.

Ne croyez pas que je fis sensation avec mes tongs mauves et mon short, le *Boucanier* n'est pas si Brummel que ça. Du moment que l'on a des manières, et que l'on respecte les filles – un choix de sveltes Nordiques et de pulpeuses Tropicales –, la vêture est affaire de goût personnel. Regardez Maud et Jack, l'alliance du croque-mort et du sorbet à l'orange, à part ça des gens tout ce qu'il y a de civilisé.

C'était vide, ce soir, c'était morne et d'un niveau sonore inhabituellement bas. J'avais faim. Aux heures du Goncourt, j'avais toujours faim. À moins de quatre repas par jour, il fallait que j'y retourne, à la mastication, au rouquin. Je nourrissais l'angoisse, cette buveuse de sang. On pouvait manger des plats tout simples, au *Boucanier*, et pas chers. Presque toujours du blanc de poulet plusieurs fois réchauffé. Un bon petit blanc d'un bon petit poulet façon *Boucanier,* avec une senteur de faisan croché sous la solive. Avec la sauce anglaise, ça passait.

J'envoyai Sandrine, la plus rougissante de mes fans, se procurer chez *Dominique* – la table russe mythique de la rue Bréa – un assortiment de friandises du lac Baïkal, et de prévoir deux plateaux : l'un pour moi, l'autre pour elle et ses consœurs désœuvrées qui roupillaient le long du zinc.

– Tu connais le chemin, dit Maud, et j'allai m'installer à la table réservée à Christian derrière un paravent branlant. C'était lui qui l'avait offert à la maison *Boucanier*, vestige de son premier divorce. On y voyait s'effilocher au clair de lune un couple de cerf et biche enamourés.

Au bout d'une heure et demie, on l'attendait toujours. J'avais lu les trois premiers chapitres du roman de papa, mangé force blinis, cornichons molossol et tronçons d'anguille un tant soit peu ravigotés à l'*Herbe de Bison* glacée. Je griffonnais sur mon calepin chinois, celui que je balade avec moi partout, quand Sandrine passa la tête.

– T'écris quoi ?

– N'importe quoi.

Sandrine, une Eurasienne de dix-neuf ans, ne s'appelle pas Sandrine et elle n'a pas dix-neuf ans. Dès qu'elle parle du père adoptif allemand venu la chercher à l'orphelinat quand elle avait deux ans, elle se met à pleurer. Elle a dans son sac à main un exemplaire des *Noces* si barbouillé de chagrin qu'on dirait une éponge desséchée. Elle me dit : ça fait du mal de lire ça, mais c'est du mal qui fait du bien. Elle est persuadée qu'elle est l'héroïne du roman, la vraie, la petite Nicole victime d'une passion perdue pour un violeur. Et s'il y a un film, un jour, elle veut jouer dedans.

– T'écris la suite ?

– J'en sais rien.

J'avais écrit :

~~*Mon cher papa, comme disait maman*~~

Mon cher papa, ~~ce n'est pas tant le couscous ni la cuisson parfaite du mulet que j'ai envie de~~

Mon cher papa, ~~si j'ai passé avec toi un moment que je qualifierai de~~

Mon cher papa, ~~pardonne-moi, mais tu devais me parler de, tu voulais me, ne voulais-tu pas me, tu disais vouloir me, tu avais soi-disant l'intention de me,~~

Mon cher papa, ~~je suis actuellement au~~ ~~Boucanier,~~ *~~un salon de thé pour les époux respectueux de leurs épouses acariâtres qu'ils fuient sans~~*

Mon cher papa, décidément, je crois bien que je mourrai sans rien savoir de tes sentiments pour ~~ton second fils, à mon égard, pour ton égard,~~ pour moi. Je peux rapporter ~~un prix littéraire à la maison~~ sans que dévie d'un millimètre ~~ta mauvaise opinion de, la mauvaise opinion que, la trajectoire de, sans que dévie sa trajectoire de l'opinion qui,~~ oh la vache, papa, je…

J'en étais là.

Sandrine s'avança pour de bon et s'assit à côté de moi sur la peluche râpée.

– Tu me lis ce que tu as écrit ?

– Bien sûr.

Faisant semblant de lire mon calepin, je déclamai la première phrase de *Salammbô*.

– C'est joli, mais ça fait pas pleurer. T'es qu'au début tu me diras. Ça peut venir. Moi je lis les romans pour pleurer.

– Une vraie fille, toi. Pas étonnant qu'on écrive pour elles.

La conversation prit alors un tour étrange. À croire que Sandrine apercevait les mots du calepin comme des papillons dans l'espace.

– Ils ont de la chance, tes parents. Un fils comme toi...

– De la chance ? Ma mère est partie en 70.

– Elle avait quelqu'un ?

– Quelqu'un ouais... Elle s'est tirée avec lui en mai 70. On ne les a jamais revus. Un mec qui s'appelait le bon Dieu.

Sandrine hocha la tête, l'air accablé.

– C'est dur, dis donc. Elle était malade ?

– Elle a pris froid le jour de son baptême, oui... Excuse-moi, Sandrine, j'ai une boule dans l'estomac quand je pense à ma mère... Et je suis mal à l'aise avec le mot « cancer ».

Le regard de Sandrine s'embua, lacustre à souhait, son regard d'orphelinat.

– Heureusement qu'il t'a, ton père... Il est sympa, ton père ?

– Un amour de papa chéri.

– Le père d'un écrivain qu'on voit à la télé, la classe... Si j'étais lui, je ne passerais plus dans les portes.

– Je vais te laisser son numéro de téléphone, Sandrine, vous n'aurez qu'à comparer vos points de vue. Et vos bronzages si affinités.

Elle m'effleura l'avant-bras du bout de ses doigts qui semblaient déchiffrer des vérités sur ma peau, celles que la pensée ne parvient qu'à dénaturer.

– Écris-lui, Yanou.

À ce moment-là Maud lui fit son clin d'œil de tôlière à fric, signe qu'on l'attendait. Elle se leva, tira sur sa minijupe et dit encore avant de sortir :

– Tu ne te rends pas compte de la chance que c'est d'avoir un père. Et de pouvoir lui écrire. Alors écris-lui. Tu veux que je te dise ? Fais-le pleurer.

À cinq heures du matin, le *Boucanier* ferma sa porte blindée imitation chêne, et Maud observa que Christian avait dû avoir un empêchement. Un chat noir lui détala entre les jambes, le jour se levait.

À huit heures et quart, premier client de la grande poste de l'avenue du Général-Leclerc, je faisais peser au guichet TOUTES OPÉRATIONS un pli recommandé adressé à papa. J'avais écrit en rond sur la face non imprimée d'un sous-bock Niels glissé dans l'enveloppe : *Désolé pour cet envoi bizarre, mon cher papa, pour ce sous-bock, ces feuilles volantes. Les moyens du bord. Fais bien gaffe, c'est numéroté. Et désolé si ça sent la clope. C'est pas moi. La tache, c'est du gras d'anguille. L'odeur aussi. Ce texte t'est dédié pour des raisons que tu comprendras en lisant. Ça s'appelle* NOIR SUR BLANC. *Rassure-toi,* NOIR SUR BLANC *n'est pas un titre porno. Grazie « mulet » pour le couscous poisson.* See you soon. Filius amicus.

25
Noir sur blanc

Pièce en un acte jamais interprétée.

Deux personnages : le père et le fils dans la cuisine du 52.

Lecture publique à la taverne du *Boucanier*, le 20 juillet 1987 peu après minuit.

Dans le rôle du Père : l'auteur de la pièce.

Dans le rôle du Fils : Sandrine, actrice inconnue.

Dans le rôle du public : Jack et Maud, spectateurs inconnus.

(Le père et le fils, de part et d'autre d'une table en formica, sont attachés entre eux par des menottes qui relient leurs poignets gauches. Le fils agite une clé dans sa main droite. Le père se réveille avec difficulté.)

FILS

Tu as soif ?… *(Il montre le bock sur la table.)* On a de la bière si tu veux. Tu te rappelles, après le tennis ?… Toi, c'était « panaché », moi « tango panaché », deux chacun. La serveuse était rousse.

PÈRE

(Il est dans les vapes, il découvre son poignet menotté, le soulève.)

Qu'est-ce que… Je suis attaché ?

FILS

De force, oui. À moi et par moi. Tu es très attachant, papa. Et très attaché désormais. Attaché à moi… Et ma petite mère aurait honte, je sais, elle me renierait. Non mais quel fils dégénéré ! Enlever son papa dans la rue ?

PÈRE

Donne-moi cette clé !

FILS

C'est toi qui vas me donner la clé.

PÈRE

Donne-moi cette putain – de clé !

FILS

(Il chante sur l'air des bagnards de Russie arrangé par Léo Poll)

« J'me souviens papa disait
Toi t'iras aux galères,
J'ai pas tué, j'ai pas volé,
Et t'as préféré mon frè…reu
Comme dit Freud à sa mousmé,
Commence par tuer le p… »

PÈRE

Assez !… *(Il se presse les doigts sur les tempes.)* Tu m'as drogué ! Avec quoi ?

FILS

Deux ou trois pilules de cékouassa dans un bock

de boulaouane, ça n'a pas traîné… Tu as même failli t'effondrer sur un banc public de l'avenue.

PÈRE

Tu nous as toujours emmerdés !

FILS

Tu n'as jamais pu me saquer. Comme ami, cousin, gendre, tu m'aurais accepté. Comme fils, les boules !

PÈRE

Avec ton grand frère, jamais de problème. Jamais un mensonge, un coup bas… Qu'est-ce que tu me veux ?

FILS

(Il regarde leurs deux mains menottées. Il caresse la main de son père avec amour.)

Depuis que je suis né, papa, je vis enchaîné à une certitude : mon père ne m'aime pas. Mon père a vécu ma naissance comme une injustice, un châtiment, il s'est vengé sur moi. Mon père avait dit à maman après la naissance de Tita : plus d'enfant, belle mignonne. Pas de cadet chez moi. Un fils, une fille, ça suffit. Le fils pour moi, la fille pour toi, Dieu est bien assez grand comme ça, et moi j'ai du boulot. Et maman lui avait dit : promis, Henri, plus d'enfant. Et là-dessus je suis né, grandes oreilles, grande bouche. Au moins tu as pu te marrer avec ta sœur dans les fêtes de famille… Oh les gorges chaudes ! Oh le vilain pas beau qui s'est trompé de famille !

PÈRE

Merde de poule !

FILS

C'est moi, la merde de poule ? *(Il est menaçant.)*

PÈRE

Ce que tu dis : merde de poule ! Comme tout ce que tu écris : merde de poule ! Je suis ton père ! Respecte-moi ! Détache-moi ! Et demande-moi pardon.

FILS

(Désemparé.)

Oui, papa, tout de suite, pardon papa… À genoux, les mains jointes. *(Il va pour ouvrir les menottes, se ressaisit. Il regarde son père, le défie.)* Mais d'abord, tu vas m'écouter. J'ai ici une liste de questions et tu vas me les poser. Pas de panique, rien qui puisse nuire à ton âme et conscience, à ton orgueil. Tu me les poses : je réponds, tu es un homme libre. *(Il pousse vers son père le sous-bock où sont notées les questions.)*

PÈRE

Finissons-en. Je pose les questions que je veux. Tu réponds si ça te chante et tu sors de chez moi.

FILS

De ta vie peut-être, ça dépend de toi… Mais je veux avoir l'assurance que tu écouteras mes réponses avec l'attention qu'elles méritent. À quoi bon te prendre en otage, si tu n'écoutes pas. Tu l'as toujours, papa, le cahier-livre que je t'ai offert au *Roi du Couscous Marocain* ?

PÈRE

Ne me demande pas où il est, je n'ai pas le temps de ranger. Et ce n'est pas toi qui viendrais me donner un coup de main.

FILS

Retrouve-le. Après mon départ, tu l'ouvriras et tu feras une belle rédaction sur le souvenir impérissable de cet enlèvement. Carte blanche, papa. Tu écris tout ce que tu veux sur ce fils qui t'a toujours emmerdé. Même avant de naître, il t'emmerdait. Un jour ou l'autre c'est moi qui l'aurai, ce cahier-livre, et peut-être qu'il me portera un coup fatal… Le plus fatal, ce serait que tu n'écrives rien. On y va, pour les questions ?

PÈRE

(Lisant sur le sous-bock la première question.)

Qu'est-ce que tu as fait des dents du squalet ?

FILS

Magnifique, cette question ! Bien, papa !… Je les ai données à mon copain Jimmy Beckrich pour acheter son amitié. On les a peintes ensemble, un dimanche après-midi, comme les petits grognards du café Mokarex. Il a voulu les vendre à des antiquaires : aucune valeur marchande, pas assez vieilles, pas assez préhistoriques, trop petites, il m'a fait la tête pendant un an. Un jour, il m'a jeté les dents à la figure sur le palier du deuxième, et il m'a dit : « Ramasse-les, tes ratiches d'avorton ! » J'imagine que l'aspirateur de la concierge est passé par là.

PÈRE

Petit salaud ! *(Il lit la question suivante.)* Pourquoi écris-tu comme le dernier des cochons ?

FILS

Ho ! Ho ! Ce n'est pas la question, ça, papa, tu t'égares. La question, c'est : pourquoi n'écris-tu pas plus lisiblement ?… Pourquoi ? Pour être toi. Je voulais être toi, avoir tes yeux, ton intelligence, tes mains, ton mètre quatre-vingt-trois, ~~ta femme,~~ ton écriture, ta voix, ta vie, je voulais être né à Brest au 33, place du Château. Voilà pourquoi. En devenant mon père, j'avais une petite chance de pouvoir exister comme un fils à ses yeux. Pourquoi je fais autant de ratures ? Parce que je ne suis pas mon père, justement. Parce que le vocabulaire et les phrases, c'est lui qui les a. Parce que son style est à lui, pas à moi. Et tant que j'essaie de me mettre à sa place et d'être lui écrivant à la mienne, ça n'écrit pas, tu vois, ça ne sort pas, ça perd jusqu'au sens des mots, ça n'arrive même pas à tricher d'une virgule, je ne te parle pas d'un point.

PÈRE

Pourquoi m'as-tu toujours menti ?

FILS

Tes yeux. Ils font peur, tes yeux. Comme la mer par mauvais temps. Je te regardais, je commençais à trembler. Plus j'avais peur plus tu m'aboyais dessus, je disais n'importe quoi pour m'échapper, sortir de tes yeux, et toi ça t'excitait.

PÈRE

Tu n'avais qu'à ne pas mentir.

FILS

Pas vrai ! Tu le voulais, ton menteur à la maison, ton menteur maison… Que je mente ou non, c'était moi le menteur, le fautif, moi que tu haïssais.

PÈRE

Merde de poule ! Qu'est-ce que tu as fait de 74 à 79 ? Quelles ineffables conneries ?

FILS

C'est toi qui le dis, ça, pas moi. Enfin merci de me poser la question. Depuis le temps que je l'attendais. En 70, j'ai fait mon service militaire dans l'artillerie. À Châlons-sur-Marne. On a échangé des belles lettres, à ce moment-là. Sympa, vraiment. On aurait pu devenir amis. Après l'armée, j'ai construit un voilier avec Tanguy. Le tour des mers à la Moitessier, on ne pensait qu'à ça. Il faut des sous, tellement de sous pour équiper un grand voilier océanique. J'ai cherché les sous, j'ai été photocopieur, animateur pour les vieux, comédien, moniteur de voile, de tennis, journaliste, professeur de latin. Je crevais la faim, je me nourrissais d'oursons fantaisie, de crocodiles. À vingt-cinq ans, je travaillais comme aide chimiste à Vitry, on fabriquait du révulsif pour coureurs de fond.

PÈRE

Chimiste ! Et moi je suis la reine d'Angleterre !

FILS

Je coltinais des ballons de verre à goulot, des ballons gros comme des oies gavées. Je les mettais à chauffer sur des brûleurs, ça sentait l'œuf pourri, là-dedans, la chimie tiède, l'étuve, ça retournait l'estomac. On nous obligeait à boire du lait, du lait tout imprégné de chimie, on sortait vomir sur le terrain vague, on pleurait du sang.

PÈRE

Du sang, rien que ça ! Demande une médaille.

FILS

Je me défonçais pour payer le voilier. Le soir, je donnais des cours de tennis à des femmes, uniquement des femmes. Ensuite elles m'emmenaient dîner, danser… Tu ne veux pas qu'on danse, papa ? *(Ils dansent la valse autour de la table.)* Tu danses bien, papa. Maman aimait danser avec toi, elle me l'a dit, tu valsais comme pas deux… Bref, j'avais beau me doucher et m'inonder de *Mennen*, je sentais l'œuf pourri par tous les pores de la peau.

PÈRE

Mais tu aurais fait quoi autour du monde, p'tit vieux ? On ne fait rien autour d'un rêve, autour de rien. Ce n'est pas une vie, un rêve, c'est nulle part. Le tour de ce nulle part en pleine mer à coups de millions, quelle folie ! Tiens, sers-moi un coup de bière, question suivante.

FILS

Comme si tu ne savais pas ce que j'aurais fait là-bas, nulle part. J'aurais fait comme toi.

PÈRE

Moi ?

FILS

J'aurais écrit des bouquins, des romans.

PÈRE

Des romans ? Tu es sûr ?

FILS

J'écrivais, tu te souviens ? Tu massacrais mes écritures, mes dessins… De nulle part, j'aurais envoyé mes manuscrits aux éditeurs de quelque part. Et les éditeurs m'auraient envoyé des sacs de billets de banque en monnaie locale, rien que des petites coupures graisseuses, du vrai pognon de la vie.

PÈRE

Et alors ?

FILS

Alors nous l'avons eu, Tanguy et moi, notre voilier. Trop beau, trop lourd, trop cher. Il piquait du nez. Une vague ne lui plaisait pas, il s'en choisissait une autre. En mai 1977, on tombe en panne de moteur en plein golfe de Gascogne, à une centaine de nautiques d'Estaca de Barrès, la pointe nord-ouest de l'Espagne. À ce moment-là, je faisais route sur São Tomé, l'archipel au sud du golfe de Guinée. J'ai pour équipier Claudius, l'illustre inconnu cévenol, ma « guerre d'Algérie » à moi. On attend l'orage, il se lève si brutalement qu'une rafale couche le voilier. On met en fuite et deux nuits plus tard j'arrive à Belle-Isle-en-Mer, un temps pourri. Ce n'est plus un voilier que j'ai dans les mains, c'est un brise-glace. Je fais mon entrée dans le port sous voiles, à dix nœuds bien comptés. Je ne veux même pas savoir combien de bateaux j'ai éborgnés pour me placer à quai.

PÈRE

Et après ?… Franchement, p'tit vieux, c'est une question stupide, ça : « Et après ? »

FILS

Je grimpe sur le môle avec un « bout ». Ça souffle. On ne tient pas debout… Je suis à genoux en train de bidouiller dans l'anneau quand on me tape sur l'épaule. Je me retourne et vois des gros yeux lunaires dans la nuit. Quelqu'un se penche sur moi : « Toi, chéri !... » Elle dit ça, papa, une espèce de voix de femme comme si c'était la tempête qui m'avait reconnu : TOI CHÉRI, TU AS UNE GUEULE D'ÉCRIVAIN !

PÈRE

Et après ?... J'en ai plus que marre de cette question !

FILS

Il tombait des paquets de pluie, des paquets de mer, les vagues enjambaient la digue, on risquait d'être emportés.

PÈRE

Et je devrais gober ça !

FILS

Elle s'appelait Françoise Verny, directrice littéraire de Gallimard ! Je ne l'ai su qu'après. Elle a dit : venez dîner demain soir à l'hôtel *Castel-Clara*, ton copain et toi. Les autres clients iront manger des crêpes ailleurs.

PÈRE

Et tu ne sais toujours pas qui c'est ?

FILS

Non, je te dis ! Non ! Comment peux-tu imaginer rencontrer un éditeur dans cet enfer ?

PÈRE

Et ce dîner du *Castel-Clara* ?

FILS

Champagne rosé, langoustes rosées, whisky à gogo, beurre, camembert, patates, une nuit de cocagne en l'honneur de Gérard, le maître d'hôtel. Françoise voulait parler, parler, tout savoir de moi. À l'aube, je lui ai promis sous huitaine le manuscrit de mon premier roman.

PÈRE

Qu'est-ce qu'il avait de si particulier, ce maître d'hôtel Gérard ?

FILS

Il était aux petits soins de Françoise, au *Castel*. Elle détestait les cuissons vapeur, les salades. Elle mangeait gras, elle mangeait copieux, elle mangeait trop. Elle aimait trop manger, trop boire, trop fumer, trop tout, elle était whisky à gogo… Gérard lui servait des poissons en sauce et des bintjes, avec du beurre salé. Quand on lui servait de jeunes poireaux en sifflets, des navets en dés translucides ou des minicarottes d'anorexiques, Françoise frappait la table avec le manche de sa fourchette et rugissait à travers la salle du restaurant : des patates, Gérard ! Je veux des patates ! des patates ! des patates ! des patates ! C'était son cri de ralliement : des patates ! Chez Gallimard ou Grasset, les romanciers mugissaient à travers les couloirs : des patates ! et Françoise sortait de son bureau, les poings sur les hanches et elle criait : « Ah ça oui des patates ! »

PÈRE

Continue, c'est passionnant.

FILS

Après cette soirée, je n'ai apporté aucun manuscrit à Françoise. J'ai vendu mon voilier, trop de soucis, de factures impayées. J'étais un clodo, papa, je passais mes journées à lire dans le métro.

PÈRE

Un cauchemar, ce voilier, bien fait pour toi. Françoise Verny t'a aidé ?

FILS

Pas financièrement. Coup de bol, j'ai rencontré Pierre Ajame, le *big boss* des pages culturelles au *Nouvel Obs*. D'une seconde à l'autre, je suis devenu chroniqueur littéraire dans l'hebdo le plus tsoin-tsoin de la ville.

PÈRE

Ta vie change ?

FILS

Je ne la reconnais pas. Les livres viennent à moi sans qu'il m'en coûte un liard. Je prends la parole dans *L'Obs,* chaque semaine. Comme si j'étais la planche de salut des grands romanciers vivants de mon époque. Me voilà à table avec Marguerite Yourcenar, Marguerite Duras, Doris Lessing, Elisabeth Schwarzkopf, Anthony Burgess, Ian McEwan, Salman Rushdie, Umberto Eco, William Styron, Gore Vidal. En tête à tête s'il vous plaît ! Je lève le coude avec Per Olov Enquist, Paul Theroux, Jimmy Baldwin, Tadeusz Konwicki, Pierre Emmanuel, Jim Harrison, Jacques Laurent. Et c'est moi le patron, papa, c'est moi qui fais l'ouverture dans *L'Obs*.

PÈRE

Quelle chance pour un jeune écrivain.

FILS

Je n'ai encore rien publié. J'ai peur. Je me fais l'effet d'un braconnier, ça va trop vite.

PÈRE

Je suis tout ouïe, p'tit vieux.

FILS

Après j'ai écrit ma bio de Bartók. Après *Le Charme noir* et j'ai rappelé Françoise, après *Les Noces barbares*, après la femme de ménage espagnole s'est fait un devoir de te percer le cœur en t'annonçant les résultats du prix Goncourt 85.

PÈRE

Bon dieu ! Mais c'est si important que ça, le roman, à notre époque ?

FILS

C'est la clé du monde, de l'homme, la seule clé… Tiens, voici la clé des menottes, je suis fatigué. Tu n'as qu'à la tourner toi-même si tu veux.

26
La mer, c'est moi

Je ne suivrai pas toutes les routes
De la terre
Et je ne verrai pas se lever au loin
Toutes les îles
Mais je crois comme en Dieu
Dans la splendeur des routes
Et ne finirai pas
De m'émouvoir des hommes.
(Papa, inédit)

SANS QU'IL Y PARÛT, l'avenir suivait son cours pour chacun d'entre nous. Bouéboué était marié, Tita mariée, Tanguy accompagné, moi aussi, papa toujours aussi veuf. Des enfants naissaient, source de joies nuancées pour les parents, tous des braves gens. La fratrie retournait dîner au 52, moins souvent, chacun pour soi. Là-bas aussi, l'avenir se faufilait. M. Beckrich père était mort, Jimmy vivait chez sa grand-mère en Caroline du Nord (éleveur de bisons), Huguette avait changé d'Africain (c'était son troisième, le Burundi cette fois), les Dupuy s'étaient payé un piano blanc, l'Allemand du premier se laissait pousser la moustache, et chez les Nathan, au neuvième, la mémoire continuait ses ravages apocalyptiques. Ah oui, une pétition circulait pour expulser M. Montefiore, un SDF incontinent qui vivait dans l'ascenseur à grille, avec son chien. Marion ? Mariée, petit vieux, avec un cracheur de feu témoin de Jéhovah, le cousin par alliance de M. Montefiore, ils roulent en *Dyna Panhard*. Tu te souviens, la *Dyna Panhard* en loques devant la maison ? Eh bien ils l'ont retapée, c'est chez eux.

Ça vivotait, ça poireautait, au 52, le même Godot pour tous. Du nouveau à tous les étages, sauf chez nous. Dans son jus d'antan, l'appartement, dans son deuil : un deuil bien propre et bien astiqué par Mme Esther, la femme de ménage espagnole, la fée d'un logis dont l'aspirateur n'avait pas survécu à la mort de la fée maman. Elle essayait bien d'en obtenir un autre, mais elle avait du mal avec le français, et quand elle disait *aspirator* à papa, du Cervantès tout craché, il ouvrait des yeux ronds, à la bretonne. Elle appréciait ma compagnie, ça lui rappelait maman, les années Franco. Bonjour Mme Esther. Bonjour M. Juan. Elle apportait à la maison des paellas pour dix, des fritures de pieuvre à la catalane ou des boulettes de riz à l'ail pétries par un ami pékinois. Il faut nourrir son deuil, M. Juan. C'est comme un chat, le deuil, il dépérit s'il ne mange pas. Avec moi il se gavait, c'était soif et faim réunies à volonté. Et je lui descendais ses boulettes de riz en pontifiant mes blagounettes à deux balles dont elle ne comprenait aucune, du petit-lait quand même, du bon vivant.

On jouait au tennis entre hommes, le dimanche après-midi, le père et les fils, boulevard Arago, et ensuite on buvait des tangos panachés au *Réveil Samaritain*. Drôle de nom pour un bistrot installé entre un asile de fous et une prison dédiée à la santé. Les fous nous criaient dessus, les détenus nous jetaient des morceaux de pain, cherchez l'erreur. Le zoo des enfermés, le zoo des gens de la rue, la comédie humaine vous salue bien ! On se rinçait l'œil un petit peu, on croisait des regards, on se demandait à quoi ça rimait des yeux pareils, derrière les barreaux serrés, avec ces mains toutes pâles accrochées aux barreaux parmi les feuilles des platanes et le raffut des piafs. Est-ce qu'elles avaient tué, ces mains-là ? Tais-toi, tais-toi. C'est bizarre après le tennis et les tangos, ce grand château-fort de pénitence en plein Paris, tout silencieux et bouche cousue. Papa causait politique et Mozart, les yeux baissés, ignorant les hauts murs. Sujet tabou, la prison, à cette époque, comme le cancer. Un mauvais moment à passer, p'tit vieux.

Dès les premiers beaux jours, les plans estivaux s'ébauchaient qui dirigeaient les uns vers une location belliloise un peu phalanstérienne, et les autres sur leurs voiliers fuyards devenus de confortables villégiatures à flot. J'avais revendu pour une poignée de main symbolique l'inconcevable ustensile de fer gréé en ketch et baptisé MALOURÈNE, un nom bien libre et snobinard pour ce voleur de gros sous qui nous mit durablement sur la paille, Tanguy et moi. Le *456*, lui, bateau né sous ma bonne étoile de Barbarie, voyait affluer sans peur l'horizon suivant, la vague suivante, l'île espérée depuis des jours et des jours, le grain si noir qu'il se présentât dans la jumelle du skipper. Je m'en servais été comme hiver, tenté chaque fois d'aller voir un peu plus à l'ouest si je n'y étais pas, tenté comme sait l'être tout romancier pour qui la mer est une enfance de chaque instant. Quant à mes deux Jaguars de décrochez-moi-ça, je n'étonnerai personne en disant qu'elles s'étaient fourrées dans un certain nombre de mauvais pas, au point d'y rester : l'une avait flambé spontanément sur une piste à chèvres andalouse, affolant ces dames à clochettes, l'autre s'était noyée à Kersaint-Landunvez, un soir que je l'avais oubliée sur la plage en tête à tête avec la marée. Ainsi meurent les péchés de jeunesse.

Il n'en parlait jamais, papa, de mes bateaux, de mes autos, et de moi non plus il ne parlait pas. Il était grand-père, il nageait dans la bonté, la douceur, l'Évangile. Ses petits-enfants s'appelaient Dominique, Clémence, Gaspard, Arthur, Léonore et Malo, Pierre-Loïc. Bien joué, Henri ! mais deux Queffélec seulement sur les sept descendants.

Grand-père, il se faisait appeler « Grand-père », et je plains celui de ses chers mignons qui aurait hasardé une appellation moins tutélaire. De mon côté, je pouvais maintenant lui donner du « Riton » ou « Riri » comme ses sœurs de Brest, sans m'attirer ses foudres.

Toujours aussi généreux de sa poche à moitié vide, à moitié pleine, il offrait de la porcelaine blanche et des foulards de damas à ses belles-filles, et des éditions rares de Victor Hugo à ses petits-enfants, pour plus tard. On pense à tout quand on est grand-père… Un art, pas vrai ? L'art de vieillir, d'oublier, d'aimer ce bout de chou que l'on cherchait à briser menu dans le temps.

Dès qu'il avait une minute à lui, il partait marcher au cap Horn, et puis il revenait sans crier gare : j'étais au cap Horn, j'ai vu la mer. Sur ce, il filait retrouver Rolf Edgren en Suède, absent durant des mois. Un jour il téléphonait, p'tit vieux, rentré la veille à Paris, la mer, la mer, la marche et la mer, la Baltique, une sacrée virée. Puis il étudiait le tableau des marées, avalait une daurade au fenouil de Mme Esther, et l'on allait voir la mer à Molène. Il agitait sa main vers l'horizon, entamant des silences à n'en plus finir qui se résumaient d'un mot : la mer. J'aurais pu le réveiller à n'importe quelle heure de la nuit en disant : on y va, papa, et l'on y serait allé, et l'on serait rentré comblés, frustrés, impatients d'y retourner. De vous à moi, nonobstant la rage d'amour insoluble dans un cœur d'enfant, la vie m'a donné ce qu'elle a de plus précieux sur la Terre : une mère aimante, un père de bonne volonté qui ne pouvait regarder l'océan sans déclarer, une fêlure dans la voix – c'est beau, p'tit vieux. Rien que d'y penser, de l'eau salée me monte aux yeux.

C'est beau, papa.

C'est beau, c'est neuf, ça rythme tout, le vague à l'âme et le ciel étoilé. Trop intelligent, pour l'ignorer, le grand Spi, trop stoïcien pour ne pas s'en fiche. Il aimait la mer comme un fils, désormais, lui qui l'avait aimée comme un enfant du pays, d'instinct. Il marchait sereinement vers le dernier coucher de soleil, le der des ders, attendu par maman au 33, place du Château. Chemin faisant, il partageait la mer avec son prochain comme on partage un poisson du lac de Génésareth, et des amis venaient à lui qu'il ne connaissait pas l'instant d'avant. Des Bretons pour la plupart, presque tous, à la mode de Jésus-Christ. Il avait tendance à celtiser la compagnie sur son passage, à cousiner avec l'Inuit ou l'Indien Yanomanis de la forêt du Mato Grosso. Un baptême de bon aloi, de stricte fraternité. Comment le rencontrer sans penser : voilà l'ami qu'il me faut. Comment ne pas tomber en amitié pour un homme à qui les chiens souriaient dans la rue, à qui l'horizon souriait quand il clignait ses yeux bleus en disant : c'est beau comme on dirait adieu.

Un soir, Tita souleva la question qui rôdait depuis un moment : une femme à ses côtés, belle comme la mer. Qu'en penses-tu ? Je pense que tu as raison. Je pense que maman ne veut plus être aimée ni choyée dans une odeur de cierge et d'encens. Je pense vraiment qu'elle a besoin d'un mari moins convalescent qu'il ne l'est depuis dix-neuf ans. Une femme les rapprochera, elle aimera papa d'un amour que maman grandira du sien, et papa ne l'en aimera que plus.

– Tu la connais, Tita ?
– Non. Il faudra faire sa connaissance.
– Il faudrait en parler à papa.
– Je lui parlerai, dit Tita.

Nous commençâmes à lancer des noms, à gamberger du côté du 52, des amis, des collatéraux. À passer en revue les veuves, les demoiselles, les divorcées. À nous demander si Madame Untel ou Madame Untel avait toujours son mari. Elle était bien, Madame Untel, maman l'aimait beaucoup. Au fait, jamais papa n'épouserait une femme divorcée, encore moins une vieille fille. Le mieux, c'était la veuve, mais pas non plus la veuve endurcie, accrochée comme une tique à son défunt : on visait la veuve entre deux âges, sans enfants à charge, elle a tant à donner, encore, à vivre. Et tu la déniches où, ta veuve de concours ?

Remarier papa n'était pas une mince affaire, on ne savait même pas ce qu'il en pensait.

– Tu lui parles quand ?
– Quand il revient du Groenland.
– Il revient quand ?
– Aucune idée.

Il était au-dessus de mes forces d'aller dire à papa : maman m'a parlé, cette nuit, elle te trouve un peu tristounet, depuis quelque temps. C'est beau, la mer, mais il n'y a pas que la mer, papa. La femme aussi, c'est beau.

Non, impossible.

Je vais être honnête avec vous, avec moi. Je ne vois qu'une seule femme digne de succéder à maman, d'aimer papa sinon de partager la mer avec lui sous le regard de maman : c'est Mme Esther, la femme de ménage espagnole qui m'appelle Juan, celle-là même qui a vendu la mèche du Goncourt en 85.

J'imaginais la scène, ce jour-là, je me la représentais comme le premier échange amoureux entre Mme Esther et papa. Elle qui s'en veut de l'avoir peiné, lui qui s'en veut d'avoir l'air peiné. Elle qui cherche à le consoler en espagnol, lui qui s'excuse en latin. Elle qui lui touche la main, lui qui met du bleu pensif dans les grands yeux d'ambre étoilés de larmes de honte. On ne peut pas mieux se demander en mariage et se dire ce que les mots n'ont jamais eu la prétention de pouvoir exprimer lorsque vient le moment de s'aimer l'un l'autre, pour l'homme et la femme, chacun lourd de plusieurs vies déjà.

Grande, brune, bien en chair, la cinquantaine épanouïe, Mme Esther est la seule femme dont je peux supporter qu'elle dise « oui » à papa, probablement parce que j'aurais pu lui dire « oui », à Mme Esther, après le 15 mai 70.

À sa manière de garder la maison toujours fraîche et bien aérée, fleurie, de repousser jour après jour ce désordre récurrent comme la marée, on devinait aisément qu'elle avait un faible pour papa, le digne veuf d'une patronne qui la traitait en amie. Seule une amoureuse, payée ou non pour les corvées ménagères d'une maison, pouvait se dire en espagnol en découvrant mon galetas de chambre nauséabond chaque matin : on a besoin de toi ici, ma fille, et en concevoir de la joie.

Plus courageux (généreux), (moins timide), je serais sans doute arrivé à mes fins. Je lui devais bien ça, à Mme Esther, un dîner au 52 avec papa et moi, juste nous trois. Elle trouverait l'invitation dans la cuisine, sous le réveille-matin du buffet qui servait pour la paye du vendredi. Tiens, une invitation de M. Juan…

Les choses n'avaient plus qu'à se dérouler comme je les imaginais dans une salle à manger maquillée tel un guet-apens : les bougies, le pichet de vin frais, les nouilles noires à l'encre de seiche, la danse du feu tout doux sur le Pathé-Marconi, le bouquet d'hortensias roses sur le piano, les couverts d'argent et la nappe aux motifs bretons entrelacés jaunes et verts, heureusement décousue de partout. Un bâtonnet d'encens d'Arménie ? Non maman, pas de bâtonnet, pas la première fois.

J'y étais déjà, à cette soirée, je voyais Mme Esther en face de papa, cheveux noirs, dents blanches aux lueurs des bougies, sa peau douce, je voyais papa tournicoter son bock de vingt-cinq, se disant : mais qu'est-ce qu'il est encore allé manigancer. Je voyais des mots avancer de l'un à l'autre, des mots parler, des regards. Je nous voyais maman et moi comme deux majordomes invisibles, tour à tour à leurs petits soins ou partis comploter dans la cuisine. Elle ne boit rien. Elle est intimidée. Elle ne porte aucun bijou. Elle sent bon. Elle parle à peine français. J'aime bien sa robe. Ton père est très ému. Tu connais papa, maman, il ne dira rien si Mme Esther ne dit rien. Ce n'est pas vrai, j'entends sa voix. C'est bien sa voix, on les entend rire tous les deux, laissons-les, maintenant, l'ange est en train de passer.

J'étais si pénétré de ma vision du souper aux chandelles entre Mme Esther et papa, que j'avais écrit dans mon carnet chinois l'invitation à dîner qui déclencherait leur histoire. Je n'avais plus qu'à la glisser sous le réveille-matin. *Hola, Signora Esther, « que tal » ? « No habla espagnol, scusi. » Papa et moi nous vous attendons demain soir pour dîner (« a la tarde ») avec nous deux à la « casa ». Vous vous rappelez ? Maman disait qu'un soir de la « semana » il faudrait que vous veniez dîner en toute simplicité (« tranquillo »). Elle sera contente, maman, si vous acceptez. Papa aussi, moi aussi. « Muy bien », Signora Esther, vous êtes sympathique (« muy guapa »). À « domani », Juan.*

De son côté, ma sœur jouait activement les marieuses. De douces intellectuelles à cheveux gris ne demandaient pas mieux que de se prêter à des rendez-vous potentiellement galants. Elles avaient bon caractère (un atout), elles étaient polyglottes (atout), elles riaient quand papa faisait un jeu de mots (atout), elles se tenaient bien à table (atout), elles s'habillaient sans trop de chichi (atout), elles aimaient la poésie, la musique, la peinture, les voyages, l'océan, les bains de mer, la marche et les tisanes après l'effort (que d'atouts !) : elles n'avaient que des atouts, ces créatures de rêve, et toutes s'en retournaient congédiées sans appel.

Eh bien tant pis pour elles ! me disais-je dans mon coin, Mme Esther a toutes ses chances. Non mais pourquoi chercher au dehors une âme sœur que l'on a chez soi, dont la présence est depuis si longtemps fondue à la mémoire de maman qu'on ne la voit plus. Ouvre les yeux, papa. Regarde-le, ce veinard que tu es, regarde-la cette perle du Sud. Quand il part au cap Horn, ils se quittent. Quand il revient du cap Horn, elle est là, la maison est rangée, les chemises repassées, les souliers frottés, les draps changés, le frigidaire garni de friandises espagnoles sous film transparent. En définitive, il s'en faut de pas *grand-chose* pour qu'ils soient un couple des mieux assortis, soudés par l'usage. *Pas grand-chose*, oui.

– Ça n'a rien donné, soupirait Tita, retour d'opération matrimoniale, et l'on aurait dit qu'elle revenait harassée d'une mauvaise partie de pêche en mer, déçue par l'appât vivant qu'elle avait eu tant de mal à se procurer.

C'étaient les « appas » des « appâts » qu'il aurait fallu considérer. Virgile, Suétone, Juvénal, Baudelaire, Néron, Mozart, Brahms, Kreisler, Malbrough, Van Gogh, Yourcenar ou Gracq, ne sont après tout que les préliminaires d'unc sympathic moins éthérée. C'est l'attrait charnel qui laisse à désirer ou non, lorsqu'il s'agit de convoiter les faveurs d'une Vénus du quatrième âge, le jeu des sens allant de pair avec un minimum de fraîcheur et de beauté plastique. On peut smasher du Platon, volleyer du Socrate, amortir du Saint Jean de la Croix, lifter du Trakl ou crapauter du Madame de Staël – et, la balle de match servie sans retour, n'avoir plus qu'une hâte : le vestiaire, chère Madame, la poudre d'escampette ! Oh je sais, les mots « patience », « tendresse », « douceur », « humour », « respect », « amitié sensuelle », piaffent et vont maintenant faire assaut d'hypocrisie. Mais on ne m'enlèvera pas de l'idée que papa, tout âgé qu'il puisse être lui aussi – et non paraître –, préférait voyager seul à bord de son grand lit en berne, plutôt que mal accompagné. Seule la fantasmagorie, les marionnettes lubriques de la fantasmagorie, ont un pouvoir de flambée sur le sang dormant des vieux messieurs.

À ne pas sous-estimer non plus le vieux garçon qu'il était avant de connaître maman. Moins respectueux, je dirais : franc-tireur. C'est une présence réjouissante, une femme à la maison, pour un écrivain, c'est un auditoire immédiat, de l'admiration continue, mais n'est-ce pas aussi un fil à la patte : un regard sur l'agenda, sur le cap Horn, les crevettes, les mouettes, l'annuaire des marées, la forêt des rois, une invitation aux reproches, aux excuses, c'est un peu tout ça, une femme au foyer, et pour peu qu'elle ne supporte pas les ronflements…

Papa n'a pas épousé Mme Esther, la belle Mme Esther, il n'a épousé personne, et les douces intellectuelles à cheveux gris, venues parfois du bout du monde offrir ce qu'elles étaient, sont reparties éplorées. Un si bel homme. Si gentil. Si courtois. Si doux. Si bon. Si drôle. Si jeune. Un veuf des *Mille et Une Nuits*, l'époux idéal. Celui que l'on n'épouse jamais.

Alors quel âge a-t-il, papa, lorsqu'il renonce au mariage, soulagé d'abandonner la proie pour l'ombre de maman ? Il n'a pas d'âge ou si peu, toujours bon pied bon œil sur les chemins qui conduisent à la mer. Un jour il me parla d'entrer chez les moines, ses premières fiançailles rompues en faveur de maman. L'idée fit long feu. C'est encombrant, les moines, ça chante la nuit : entre les moines et la seconde épouse il y avait place pour l'horizon qui vous bague un homme avec l'infini divinisé, comme avec une alliance, et la fidélité n'en souffre pas. Non ce n'est rien, l'âge de papa, c'est la minute en cours d'une éternité qui se ressource dans l'intuition d'être pleinement soi, désormais, petite miette-amour incorporée dans l'univers incorporé dans l'espoir en Dieu, en l'Homme. On ne se dit pas autre chose après un bon dîner avec lui, au *Roi du Couscous*, le voyant s'amenuiser de son grand pas félin sous les platanes de l'avenue du Parc. On se dit : « Ce qu'il y a de bien, avec papa, c'est qu'il est éternel. Comme l'était maman. » Sur ce, il nous fit deux infarctus à la sauvette, si bénins qu'il n'en fut jamais question.

27
Je reviens d'Arabie

Avec ses quatre dromadaires,
Don Pedro d'Alfaroubeira
Courut le monde et l'admira,
Il fit ce que je voudrais faire
Si j'avais quatre dromadaires
(Guillaume Apollinaire)

Il y en eut un troisième, en 92, le dernier du fameux jamais-deux-sans-trois ! Tita fut mise au courant pour les deux premiers. Papa l'informa comme un président renseigne son porte-parole attitré sur un fait de santé. Il ne jugea pas utile de s'en ouvrir à moi. Je crus devoir lui en toucher un mot, mais j'eus l'impression d'attenter à sa pudeur. Le siècle poursuivit sa course folle et chacun d'entre nous reprit ses activités, se désintéressant momentanément du 52. Pour ma part, je répondis mon oui le plus obséquieux à Sa Majesté le roi Fahd, de la dynastie des Ibn Séoud, le onzième fils d'Ibn Séoud, qui m'invitait à découvrir sa mirifique Arabie dans les meilleures conditions. Si le cœur m'en disait, par la suite, je serais bien inspiré de confier mon émerveillement spontané à un journal à fort tirage de mon choix, celui que l'ambassade voudrait bien me recommander le moment venu.

Fin 91, retour d'Arabie, j'inscrivis le *456* à la course Pornic-Saint-Barthélemy qui partait le printemps suivant. J'avais tendance à traverser régulièrement l'Atlantique, à cette époque, mais c'était la première fois que mon cher « Germán Frers » allait s'aligner bord à bord avec des concurrents affûtés, et du beau linge de la course au large ! Les noms de Le Cam, Florence Arthaud, Riguidel, circulaient sur les pontons. Pas impossible que Tabarly se laisse tenter. C'était inespéré, pour moi. J'allais renouer avec ma première âme d'enfant, ma première vocation d'aventurier des horizons marins. La vengeance du MALOURÈNE qui ne voulait pas moins faire le tour des océans que celui d'une page blanche à l'échelle de ma vie.

En attendant, flanqué de femme et enfants, j'amenai le *456* à la Roche-Bernard pour une révision de pied en cap dans un port discret, romantique, reposant, qui plus est nanti d'une *Auberge bretonne* de contes et légendes, réputée pour son « Escalope de druide demi-deuil » et sa « Côte de fée à la moelle ». Le village est en contre-haut, le port en contrebas, sur la Vilaine, en amont du barrage d'Arzal construit à deux nautiques du vieil océan.

Dans la nuit du 12 au 13 janvier 92, à l'*Auberge bretonne*, tandis que mes fils chipotaient leur « Nage de korrigans » au ketchup et leur mère une « Pince de druidesse aux tabourets de Satan », je mangeai la première civelle de ma vie. Les civelles sont des bébés anguilles transparents comme du verre, on dirait des échographies d'embryons humains. Je fis un vœu. Quel vœu ? Le même à chaque fois, chut !

Si ma mémoire est un livre d'heures aux folles pages cornées, déchirées, censurées, avec des souvenirs suffoquant sous le poids des ratures, et d'autres qui n'ont rien à faire dans ma vie, la nuit du 12 au 13 janvier 92 à la Roche-Bernard – la nuit du vœu – est un chapitre assez vivant dans mon esprit pour se lire au présent, voyez plutôt.

... Ils sont tous partis, retournés à bord, m'abandonnant à la carte des desserts. J'entends craquer dans l'âtre les vestiges d'une flambée pas si complice que ça. L'aubergiste me suggère la « Glace de lune noire », une ou deux lunes au naturel souveraine pour le teint. Non merci. Plus faim. Plus soif. Sommeil. L'addition. Pas d'addition ? Trop aimable, Madame. Dîner splendide, oui. Un peu copieux, mais c'est moi. Une faim comme jamais. J'ai des excuses, entre nous, je reviens d'Arabie, contrée singulière. On ne peut pas dire qu'on y mange mal, on n'est juste pas fâché de retrouver le pays des vraies aubergistes de tradition comme vous... D'agrément, si l'on veut... La curiosité, aussi, l'occasion, la coquetterie d'un luxe royal, la vanité d'être sollicité pour un édito façon Kessel ou Lawrence, rien que ça ! Dix feuillets à balancer tout à l'heure aux sténos du journal – dernier carat minuit. Je vous lis les premiers mots : « *Je reviens d'Arabie...* » Ça vous plaît ?... Si jamais vous avez une idée pour la suite... Oui, madame, toujours ce type de carnet chinois, toujours ce type de stylo à l'encre gel bleu marine, un bureau de poche, en somme, il me suit partout. Je prendrais bien un café, dites donc, le plus serré de la maison. Sans sucre, si possible de l'arabica.

Je reviens d'Arabie...

Je reviens d'Arabie...

Je reviens d'Arabie...

Je reviens d'Arabie...

Je reviens d'Arabie...

Quand papa revient d'Arabie, du cap Horn ou de n'importe où, il ne reste jamais la plume en l'air, lui. Il y va d'un trait, au point final. Est-ce que je reviens d'Arabie, menteur ? Voilà dix jours que je suis revenu. Dix jours que le *pool* des sténos s'arrache les cheveux. Bouclage en cours, compte à rebours, l'heure de vérité.

Le journal recommandé par l'ambassadeur, c'est *Jours de France* nouvelle formule, un magazine où la bien-pensance coule de source et revient d'Arabie sans état d'âme. Ils attendent de moi un plaidoyer sincère et documenté, totalement affectueux, sur un pays renommé pour terroriser les zélateurs de Noé, lapider les coquettes, et trancher sa main voleuse à celui de la tribu qui déshonore Allah. Sans oublier le voilage intégral des femmes, le porc, l'alcool et autres menus désaccords sur la notion d'épouse et d'être humain, vous vous en sortirez très bien, la chancellerie compte sur vous.

J'y suis allé, j'ai vu ce que j'ai vu, *je reviens d'Arabie, tu reviens d'Arabie, il revient d'Arabie, nous revenons...* En fait, je n'en reviens pas, la preuve.

Je repousse mon carnet chinois. Il en pense quoi, papa, de l'Islam ? Du Coran ? D'un Prophète qui se méfie des femmes et du vin ? Jamais on n'en parlait, à la maison, ni des musulmans. On connaissait Aladin, Sindbad, Haroun Al-Rachid, Ali Baba, Schéhérazade, le Voleur de Bagdad – on ne savait même pas qu'ils étaient musulmans. On dévorait *Les Mille et Une Nuits* dans la version d'Antoine Galland. Et c'est ainsi qu'Allah était grand, au 52, qu'il nous émerveillait en dehors de tout contexte religieux. Or c'est lui qui m'intéresse, aujourd'hui, le contexte religieux musulman. Et si j'appelais papa ? Déjà qu'il doit s'imaginer que je suis mort.

On m'apporte l'arabica, le sans-fil. Port-Royal 97 33. Qu'est-ce qu'il fout ? Il ronfle si fort, le grand Spi, qu'il n'entend même pas les sonneries du téléphone. Et si c'était grave, alors ! Pas la première fois que l'univers s'écroulerait autour du ronflement d'un homme désinhibé par le sommeil. Chaque fois qu'il s'écroule, l'univers, un tyran sanguinaire ronfle au-dessus du chaos, le pouce fiché entre les dents, et il rêve d'un monde meilleur débarrassé des nuisibles – grâce à lui.

– Un autre café, s'il vous plaît, un robusta cette fois... Et puis non, pas de café, bonsoir et merci.

Je repars sous des trombes d'eau. J'ai l'impression d'avoir aux pieds des nageoires d'otarie, de patiner sous un déluge de grêle en feu. Un chat vert surgit devant moi, disparaît corps et biens. Il revient d'Arabie, lui aussi ? J'ai des visions de sténos à face de vampires, les ongles peints avec du sang. Quatre feuillets, les filles, c'est juré, torchés comme ça dans un grand coup de panique inspiré, vos crocs baveux sur la carotide. Et ma deuxième phrase sera ra, ra, ra, ra, elle sera quoi, ma deuxième phrase, rase, rase, rase, elle dira quoi, quoi, quoi ? Hein, papa, à, à, à ?

Pas d'électricité au port, aucune lumière si ce n'est le fluor grésillant d'une cabine téléphonique. C'est là que je vais dicter mes trois feuillets arabes aux sténos… Plus qu'à les… Vingt minutes maximum.

Ça roupillait toutes lumières allumées sur le *456*. Un doudou lapin, carotte au bec, gisait sur la table du carré. Un lapin bleu, un chat vert… Manquerait plus que je sois superstitieux. Un lapin sur mon voilier, ils ont pété les plombs !

Je m'arrache du corps ma veste de quart détrempée, j'extrais mon carnet chinois de la poche étanche, et dans le cône rougeâtre émanant de la liseuse de la table à cartes, installé à mon siège ergonomique de skipper, j'écris pour la énième fois à l'encre gel *Je reviens d'Arabie… Je reviens d'Arabie, cher papa, bonne année ! Je posterai cette lettre tardive le 14 mai prochain, de Pornic, tu devrais l'avoir le 15 par le courrier du matin. Tu l'ouvriras, tu l'ouvres, tu la lis : Salut, papa ! je suis en mer au beau milieu du golfe de Gascogne. Une pensée particulière pour maman qui nous a quittés depuis vingt-deux ans. C'est long vingt-deux ans, c'est hier, c'est maintenant, à se pincer.*

Je reviens d'Arabie pour la première fois de ma vie. J'ai fait un vœu, là-bas, je n'en parle qu'à toi : devenir le père que j'aurais aimé avoir. Mais quel père n'ai-je pas eu ? Quel père aurais-je aimé avoir ? Quel père aurais-je acheté à la « foire aux papas » ? Un père aimant ? Il n'était pas aimant, le mien ? J'en voulais un autre ? J'ai longtemps cru ça, que le père aimant était le père idéal pour l'enfant. Le papa câlin, le papa doudou, le papa qui dit « oui », le papa qui suce son pouce, comme le gamin. Le papa du bonheur.

En Arabie, j'ai marché dans le désert du Nedj, de Médine à la mer Rouge, il y avait un dromadaire. Tu fais trois pas quand il n'en fait qu'un seul. Tu n'as que son ombre pour oasis. Tu manges des dattes, lui des épines d'acacia, tu l'entends mâchonner ses épines, tu dors profondément.

Tu es un dromadaire, papa, tu marches de ce pas qui paraît flotter sur le monde et n'être gêné par aucun obstacle, aucun piège. Tu manges des épines d'acacia pour que ta famille ait toujours des dattes à se mettre sous la dent. Et chaque jour ton ombre se déploie sur les tiens. Tu n'as pas besoin de dire : je t'aime à tout bout de champ pour aimer, témoigner ton amour. Ce n'est pas l'amour qui conduit tes pas, c'est la foi dans la vie, dans la mort, je reviens d'Arabie, bie, bie, bie…

Quand j'entendis les éclats de voix au-dehors, je dormais à poings fermés. Je crus avoir affaire au gang des sténos venues me saigner. On criait mon nom.

Je me réveillais d'un sommeil migraineux, la joue écrasée sur mon carnet. Minuit et demi à la pendule d'habitacle. Je sors dans la nuit noire, prêt à vendre chèrement ma peau. Il ne pleut plus, l'électricité est revenue dans les veilleuses des pontons. Il y a un 4 x 4, sur le quai, phares allumés. J'aperçois une silhouette vêtue d'un ciré miroitant, le visage caché par la visière du bonnet de mer. « C'est vous ? » dit la silhouette. Une femme. L'aubergiste de l'*Auberge bretonne*, désolée de m'avoir fait peur. Elle avait eu du mal à trouver le *456*, heureusement qu'elle se rappelait le nom. On me demandait au téléphone, là-haut, la personne insistait. Elle avait appelé deux fois. Qui ça ? Une voix féminine, un nom breton qu'elle avait noté, elle n'était pas sûre de l'orthographe, la ligne était mauvaise à cause du mauvais temps.

Aucune importance, pensai-je en prenant place dans le 4 x 4 de l'auberge, une vampiresse du journal, certainement, quelque sténo zélée trop heureuse de m'accorder un délai de la part du roi Fahd.

Le téléphone, un vieux modèle gris décroché, m'attendait sur l'immense table d'hôtes où j'avais mangé mes premières civelles vagissantes. Il n'était pas possible que la sténo fût toujours là, au bout du fil, qu'elle ait patienté. Et pourtant si. Et ce n'était pas une sténo. C'était ma sœur Tita, ce dont j'eus soudain l'intuition catastrophique avant même qu'elle eût dit ces mots :

– Papa nous a quittés…

28
Good-bye Pa

TROISIÈME INFARCTUS, hospitalisation, trépas – les sténos n'avaient plus qu'à sortir leurs mouchoirs.

Le soir de mon arrivée à Paris, la fratrie au complet jeta l'ancre au 52 – la maison-bouée. Une ampoule, un radiateur sur deux fonctionnaient correctement. On sortit lampe tempête et bougies. Tout en festoyant de bric et de broc, ce fut à qui aurait le plus à raconter sur papa. Tanguy l'avait vu quelques jours plus tôt, un homme serein, détendu. Il savait que son cœur allait bientôt lâcher. En même temps il avait la vie devant lui, et pas une vie qui s'appelait la mort, une vie qui s'appelait : boulot, un texte sur Hitler qu'il voulait finir avant l'été. Il irait s'installer « chez ton frère » (ma pomme) en sortant d'ici. Bouéboué était passé le voir à la clinique, lui aussi. Il ne se rappelait pas un vieillard fatigué, diminué, absent. Il avait fait honneur aux rahat-lokoum, bu du pomerol – son verre habituel de 25 – parlé politique et football. Un peu plus grave, peut-être, un peu plus rêveur que d'habitude. Il s'attendait à des examens désagréables dans les prochains jours. Une grande première pour son *habeas corpus* d'albatros au-dessus de la mêlée. Ni Tanguy ni Bouéboué ne se rappelaient ses derniers mots.

– Salut, p'tit vieux ?

– C'est ça, oui, salut p'tit vieux.

Pour ma part, je n'avais pas revu papa depuis un bon deux mois. J'étais frustré, sous le choc, coupable encore une fois d'une faute insaisissable envers lui. Et comment faire pour l'expier, dorénavant ! Tita m'avait rendu le cahier-livre – « mon » cahier-livre que les infirmières avaient retrouvé grand ouvert entre les mains de papa dans la nuit du 12 au 13 – il venait de s'éteindre. Pas un mot d'écrit. Un moulin à vent de pages vierges. Albatros ou dromadaire, papa savait tenir sa langue jusqu'au bout. Il emportait son ombre avec lui.

Je me consolais dans la pensée qu'il avait dit à Tanguy vouloir habiter chez moi.

– C'est grand, chez toi ?

– Bien assez pour l'accueillir.

Nous étions attablés dans la cuisine, emmitouflés dans des couvertures de naufragés. Les questions les plus variées s'invitaient autour du formica défraîchi : les factures, Mme Esther, les manuscrits, le linge, la banque, les amis, le faire-part, Julien Gracq à prévenir. Bouéboué avait apporté de la charcuterie, Tita des barquettes de tout-venant chinois à passer au four, Tanguy du vin portugais, moi un coulommiers. Une serviette-éponge pour tous. On avait beau manger avec des baguettes, le petit doigt en l'air, ça dégoulinait rouge sur les avant-bras, et nos rires mal essuyés nous faisaient des faces de clowns. De traviole sur la gazinière, le vieux Pathé-Marconi diffusait tout doux ses petites « musiques de nuit », ses Piaf, sa *Jeune Hindoue*, son voyage d'hiver.

C'était Tita la mieux informée sur les derniers jours de papa. Le 24, il avait téléphoné de bon matin pour annoncer qu'il ne viendrait pas réveillonner chez eux. C'était plus raisonnable, belle mignonne. Il avait passé une mauvaise nuit. Nausées, tachycardie, l'impression d'avoir le tambour d'une machine à laver dans la cage thoracique. Image inouïe de la part de papa qui n'avait jamais eu affaire au monde électroménager, et ne jurait que par l'eau de Javel, le Briochin noir et le savon de Marseille. Il s'était laissé convaincre de voir un cardiologue, et Tita l'avait rejoint au cabinet du Dr Taïeb, rue Talma. Dans la salle d'attente, il discourait sur l'Empire, sur Talma l'acteur fétiche de Napoléon, l'inventeur du théâtre contemporain. Puis il avait aperçu dans un quotidien qui traînait le participe passé à la française *« relooké »*, anglicisme révoltant, *casus belli*. Il était entré sourcils froncés dans le cabinet du Dr Taïeb, plus affecté par ce *« relooké »* antifrançais que par ses ennuis de santé.

Papa avait fait un infarctus au cours de la nuit. Rien d'imparable s'il n'en avait pas eu deux autres coup sur coup ces deux dernières années. Il ne se rappelait aucun infarctus. De gros moments de fatigue, en effet, lors des virées en Suède avec un camarade suédois. Ils nageaient dans les fjords, dans la fraîcheur de leurs quatre-vingts ans, et même la fatigue leur semblait du meilleur aloi. Ils repartaient du bon pied.

– Mais pourquoi, M. Queffélec, pourquoi avoir attendu ?

– De la fatigue, Docteur, de la fatigue passagère.

– Vous êtes un bel homme, pas un vieux, un grabataire, vous respirez l'énergie, vos artères sont d'une souplesse de roseau, votre intellect je n'en parle même pas, mais pourquoi !...

Le Dr Taïeb en avait les larmes aux yeux :

– C'est trop tard, maintenant, je...

Il n'en trouvait plus ses mots, il regardait papa d'un air désolé, scandalisé : mais pourquoi ? Pourquoi ? Si bien que papa lui avait posé la main sur l'épaule et dit :

– Ne vous inquiétez pas pour moi, Docteur, j'ai fait mon temps.

– Non ! s'écria le Dr Taïeb, non.

Il n'y avait plus une seconde à perdre, soudain il fallait sauver la vie. Vous avez besoin d'une hospitalisation de toute urgence. Puis-je passer chercher des affaires à mon domicile ? Je vous le déconseille formellement. ... Alors faites vite, prenez un taxi, ne vous arrêtez pas en route. Et pour mon repas ? Une vie normale, ne changez rien, aucune restriction, dépêchez-vous. Voici des pilules de régulation à croquer chaque fois que vous en éprouverez le besoin, je suis désolé. Tenez-moi au courant.

L'après-midi, lorsqu'elle était arrivée à la clinique, papa semblait avoir recouvré tous ses moyens. Il s'inquiétait des élections d'Algérie. Il s'ennuyait un peu. Il avait envie de lire *Le Monde*. Il s'en voulait de flemmarder en pyjama dans une clinique, un soir de réveillon. Toute une semaine s'écoula. Chaque jour il allait un peu mieux. La crise est derrière lui, dirent les médecins, on a passé le seuil critique du délai post-traumatique, restons vigilants. « Mal nulle part, belle mignonne, vraiment, le tambour s'est calmé. » Tita reprenait espoir, elle répandait la bonne nouvelle. Un soir, papa se leva tout juvénile, frais et dispo, insistant pour la raccompagner à l'ascenseur. À la seconde où les portes se refermaient il avait lancé : « Vive Bach, belle mignonne ! » Et ce furent là ses derniers mots.

Mue par l'instinct, la soirée quitta la cuisine et se mit à dériver de chambre en chambre, ouvrant les tiroirs, tournant machinalement les robinets, dévissant des flacons, confrontant les souvenirs avec les souvenirs d'autrui, parlant fort, s'esclaffant, se déguisant, mimant des intonations et des gestes uniques au monde, chaussant des lunettes de soleil, coiffant des chapeaux, riant et pleurant, puis à moitié grimée elle partit s'affaler dans les fauteuils Louis XVI et sur la bergère autour du piano à queue, le cher vieil Erard aux riches reflets murmurants, le grand témoin des saisons et des jours. Il était magnifique dans son rôle de feu de camp à la veillée, concentrant sur lui tous les souvenirs épars.

Nous aurions aussi bien pu camper autour du Waterman plume or 49 ou des lunettes de maman. Tita joua le *Good-bye Pa good-bye Ma* du pioupiou américain, et l'on crut voir les longues mains apostoliques de papa s'incorporer aux mains voltigeuses de Tita sur le clavier.

Plus tard, quelqu'un mit à tourner sur le Pathé-Marconi le 33 tours éraillé des chansons anglaises traditionnelles, tic ! de papa, tac ! et la fratrie n'eut plus qu'à danser à sa manière une belle humeur de mélancolie, première manifestation d'un deuil qui ressuscitait les chagrins d'autrefois. On dansait moins d'ailleurs – n'ayant jamais su danser en cadence – qu'on ne tourbillonnait à tort et à travers entre salon et salle à manger, divaguant, rebondissant les uns contre les autres et nous enlaçant pour nous désenlacer mutuellement, pareils à des gyroscopes désemparés. Et cette longue nuit s'éternisa dans ses *tangos* et ses *rock'n'roll* d'iconoclastes jusqu'au premier lit qui voulut bien m'accueillir à mon insu. Je m'endormis en un clin d'œil, en berçant les fantasmagories d'une libido en proie à la félicité du désespoir.

29
Poirier

Saint-Florent-le-Vieil, 14 janvier 1992

CHER YANN QUEFFÉLEC,

Je vous écris de l'Anjou, où me retient depuis de longs mois la mauvaise santé d'une sœur âgée. La mort de votre père ne m'apporte pas seulement une grande peine, elle me sépare aussi de plus d'un moment passé de ma vie auquel il avait été intimement lié ; moments passés non seulement à Paris, mais à Budapest, à Brest, à Saint-Florent, à Marseille... Je me souviens toujours avec nostalgie de la grande maison de la place du Château, que vous n'avez pas connue, et de l'accueil que j'y avais trouvé auprès d'une famille unie et heureuse. Il avait été dès le début, il restait mon guide à travers la Bretagne, une Bretagne dont j'ai parlé plus d'une fois à ma manière mais dont j'ai toujours été convaincu que lui seul, entre tous, pouvait parler « comme ayant autorité », puisqu'il en savait et en comprenait tout, et lui était presque incorporé. Nous avons beaucoup ri autrefois ensemble, sur les chemins de Bretagne, dans les rues de Budapest – bien souvent – et cela compte. Et rien n'était comparable à la sécurité qu'inspirait son amitié.

Ses livres restent. Et le souvenir apaisant, pour ceux qui l'ont aimé, d'une vie belle et unifiée, que j'ai toujours imaginée intimement sereine, éclairée qu'elle était par son art, ses convictions tranquilles, et quelque chose qui me paraissait bien ressembler – peu expert que je me trouve être en la matinée – à la charité.

Croyez, cher Monsieur, que son souvenir ne risque pas de me quitter pour le temps assez bref qui peut encore m'être compté, et que le deuil cruel qui vous atteint, vous et votre famille, m'atteint aussi.

Avec ma grande tristesse.

Julien Gracq

30
Traversée

> *Écrire est un travail solitaire,*
> *éprouvant comme traverser*
> *l'Atlantique dans une baignoire.*
> (Stephen King)

M. Smith, l'ancien mi-lourd de Port-au-Prince, mon professeur de Lettres à l'Étoile Saint-Pierre de Dreux de 64 à 69, nous faisait régulièrement plancher sur les « intentions des auteurs ». Il n'était pas seul dans son cas, tous les professeurs de Lettres ayant pour marotte les « intentions des auteurs » de tel ou tel chef-d'œuvre, tous exigeant du bon élève qu'il daigne les formaliser à son tour à haute et intelligible voix. Que de suées, que de zéros pointés !

Pour ma part, je ne crois pas un instant qu'un texte génial ou non ait besoin d'être soutenu par une intention. Règle d'or en Littérature : ne jamais s'expliquer. Pourquoi l'auteur a-t-il écrit ça ? Pour s'en débarrasser ni plus ni moins, pardi ! se vider la tête d'une épine irritative que le talent peut transformer en violon, quand la prétention n'en fait pas une scie. Papa m'irritait : sachez qu'il ne m'irrite plus et qu'en écrivant *L'Homme de ma Vie*, je conçois que j'ai pu bien des fois lui taper sur les nerfs avec mon esprit retors et cette manie d'être aimé. Ce qui n'enlève rien à son penchant prononcé pour l'injustice et l'ironie en matière d'éducation. Ni ne l'exonère de m'avoir humilié plus souvent qu'à mon tour.

Mon livre s'achève, amie lectrice, lecteur, vous lui manquez déjà. J'ai déguisé pour en venir à bout tout ce qui pouvait l'être. J'ai maquillé, enjolivé, recruté faux-nez, hommes de paille et prête-noms, ne voulant pas incommoder la mémoire de papa ni les amis des amis des amis. Mais pas un seul des épisodes auxquels je fais allusion ici, tous amorcés dans leur exactitude originelle, qui mente à l'Homme de ma vie.

Avant d'y aller, j'aimerais vous parler du dernier signe laissé par le grand Spi sur la Terre, aubaine imprévisible. Un au revoir, un clin d'œil émis devant l'horizon marin, son cher grand témoin, son maître à espérer. Ainsi peut-on lâcher prise et s'éclipser par la grande porte de l'infini. Ainsi peut-on s'annoncer à pleine voix dans tous les recoins de l'éternité. Place à la Nuit.

Retour à l'Ouest. Ce vendredi 15 mai 92, la course à la voile Pornic-Saint-Barthélemy prit la mer en début d'après-midi. Il faisait beau, il faisait bleu, ça soufflait. Portant grand-voile et génois, le *456* filait ses huit nœuds vers le sud, visant un certain phare du Pilier, dernier amer européen. Nous étions deux complices de toujours à bord, Claudius et moi. L'un et l'autre zombifiés par les préparatifs, les formalités, l'émotion, la manœuvre, bâillant à qui mieux mieux. J'étais heureux : j'allais traverser l'océan, et peu m'importait de battre mes concurrents, une course au large n'étant rien d'autre qu'un prétexte à vaincre ses démons intimes, à se battre soi-même en rejoignant la terre humaine.

Au coucher du soleil, un somptueux parfum d'oignons frits s'éleva du sabord de la cuisine, épousant la fraîcheur de l'iode, et le dîner fut servi dans le cockpit. Lapin à la Cévenole avec sauge et courgettes, une recette de Claudius où le lapin fut remplacé par de la ventrèche de mérou, sans que le mot « lapin » fut d'ailleurs jamais prononcé, tout le monde sait pourquoi. Il y eut aussi des œufs fricassés, des Vache-qui-rit, du pinot noir et divers laitages sucrés. Autour de nous, méduse pantelante, le soleil mijotait dans du mauve et du gris, de longs éclairs mous palpitaient sans bruit, léchant la houle d'une lueur d'incendie.

L'orage n'éclatant pas, Claudius partit se coucher. Quatre heures de bannette pour lui, quatre heures de quart pour moi. À lui Morphée, à moi la mer, la nuit, les étoiles, à moi l'infini marin, perspective enchanteresse sur un grand voilier bien dans sa peau. On est seul, on règle les voiles, on taquine la risée, un œil au pilote, l'autre aux lancinants cargos du rail commercial toujours plus convergents qu'ils n'en ont l'air, ces vers luisants, prêts à s'emballer au dernier moment, à vous démolir corps et biens.

Ça vous enivre les sens, le quart, à la longue. On n'est plus soi-même, on parle aux oiseaux épuisés, on rêve en s'activant plus ou moins. On se défonce à l'insomnie sous le tourbillon des étoiles, la prunelle ensablée de féerie. Les vivants, les morts, les morts-vivants, ils arrivent à l'aise, la famille ! Ils sont chez vous chez eux, alignés sur la bôme, avachis dans le cockpit, tripotant la jumelle de Claudius, enfilant ma doudoune, sirotant des sorbets. Et ça ricane et ronchonne, ça complote, ça joue du biniou dans les barres de flèches, ça grimpe au mât. Idem pour les nuages follets se tortillant sous la lune violette : des grands-mères inconnues, des gens d'autrefois qui nous disent vaguement quelque chose, sympathiques avec ça ! vestiges d'un âge de l'enfance qu'on ne se rappelle pas.

La nuit se fit pays des merveilles et peut-être Claudius négligea-t-il de se réveiller. N'étais-je pas comblé par ce tête-à-tête avec les constellations, par le bruissement cadencé du remous sous l'étrave, la caresse des embruns ? Je soliloquais, m'engourdissais, les nuages échangeaient leurs faces d'anges ou d'aurochs, ils s'empoignaient. À travers une buée de voix mélangées perçait l'éclat d'un rire enfantin qui m'intriguait, des regards chatoyaient, c'était moi qu'on zyeutait, moi la proie de ces harmonies à dormir debout. Un couloir se présenta, je vis papa couché sur son lit au Centre Hospitalier

MGEN de Maisons-Laffitte (1, avenue Molière), le soir de janvier où son bock de vingt-cinq fut le dernier. Il est seul, veilleuse allumée. Son souffle est si bruyant qu'il en est assourdi. Il a des regrets et des joies – on n'a rien d'autre quand l'Heure est si proche. On n'a plus en sa possession que des souvenirs dans un corps usé. Il voltige de l'un à l'autre. À l'actif du bilan : son épouse Yvonne, ses quatre enfants, ses petits-enfants, c'est pour eux qu'il s'est efforcé de peindre la comédie humaine avec espérance. Son œuvre ? Son œuvre non, il en doutait sur la fin. L'écriture ? Il s'en fiche, il en est tellement imprégné, et tant que le sang lui bat dans la main elle est sa respiration, sa vie pour toujours – sœur jumelle de son âme.

À minuit, je descends faire un tour en bas, vexé d'avoir cédé au sommeil. Je veux à la fois noter mes visions étranges et jeter un coup d'œil à l'écran du G.P.S. On est au large : il faut savoir où. Je m'assieds à la table de navigation, je presse le bouton du lecteur infrarouge, ambiance tamisée, irréelle. J'ai sous les yeux les appareils de guidage, speedo, compas, radar, sondeur, et devant moi le cahier-livre noir de papa rendu par les infirmières. Il est vierge, il est neuf, il n'a jamais fait résonner la voix du grand Spi : il fera résonner la mienne au cours de la traversée, j'en fais serment. Il sera mon Journal de bord et portera le nom de *Traversée*. Je le feuillette d'un pouce machinal, toutes ces pages à perte de vue, tous ces horizons infranchis. Je suis alors frappé par le silence épars à l'intérieur du bateau. On n'entend plus la mer. Il n'en subsiste au loin, par grincements réguliers, que le cri d'oiseau d'une lampe sourde accrochée au plafond, balancée comme un invisible tic-tac. Je somnole en écoutant, balancé moi-même, envahi d'une douce plénitude. Un moment d'abandon profane, un bien-être démesuré. Aucun doute, je suis heureux, je traverse l'océan et mon cœur bat au rythme de la nuit. Je vais t'écrire papa, te dire enfin qui tu es, qui je suis.

J'ouvre le cahier-livre au début, là où la neige est fraîche, aucune trace de pas. Possible que je sois dans un état paranormal, en effet, possible que ma raison divague un peu quand je vois des mots familiers s'avancer en tremblant dans le halo rougeâtre du lecteur, mais c'est quoi, ça ?... C'est quoi ce *Chant du Cygne* ?...

... Je lis, je comprends, je relis, je me dis tout bas ou tout haut : C'est papa qui s'en va, p'tit vieux, c'est papa en train de mourir en scène, le grand Spi rappelé à Dieu, la toute fin, c'est la vie qui salue la mort dont elle est pétrie, le rêve humain comme souligné d'un horizon final, il n'y a plus qu' à l'enjamber, p'tit vieux, tu ferais pareil à ma place, tu...

Chant du cygne.

J'ai vu en rêve cette nuit la chaleur neigeuse
d'une ville espagnole (sa porte,
éclaboussée de soleil contre
Des reposoirs aigus ondulaient dans le ciel
bleu noir.
Je portai cette ville dans la carapace
de mes yeux
comme le crabe qui va mourir
les bulles irisées de son dernier souffle.

Chant du cygne

. . . J'ai vu en rêve cette nuit la chaleur neigeuse d'une ville espagnole éclaboussée de soleil contre sa pente.

Des reposoirs aigus croulaient sur le ciel bleu noir.

Je portais cette ville dans la carapace de mes yeux,
Comme le crabe qui va mourir les bulles irisées de son dernier souffle.

Curriculum vitae

1910

Naissance d'Henri Queffélec, le 29 janvier à Brest, dans une famille de cinq filles et deux garçons.

1916

Mort du père, Joseph Queffélec, officier. Henri Queffélec devient pupille de la nation.
Études au lycée de Brest jusqu'au baccalauréat.

1926

Obtient une bourse pour devenir pensionnaire au lycée Louis-le-Grand, à Paris.

1929

Est reçu au concours d'entrée de l'École normale supérieure.

1934

Agrégation de lettres.
Premières armes de professeur au lycée Victor-Duruy de Mont-de-Marsan.

1936
Part pour la Suède, où il reste quatre ans à l'université d'Uppsala. Il écrira un *Portrait de la Suède*, en 1946.

1940
Mariage avec Yvonne Pénau, le 11 janvier. Ils auront quatre enfants. Il enseigne alors au lycée Thiers de Marseille.

1942
Se met en congé de l'Éducation nationale pour revenir en zone occupée et se consacrer au métier d'écrivain.

1944
Publie, coup sur coup, aux éditions Stock trois romans : *La Fin d'un manoir, Le Recteur de l'île de Sein, Le Journal d'un salaud.* Il n'a jusqu'alors publié, à compte d'auteur, qu'un recueil de poèmes, *Sur la lisière*, et deux nouvelles *Neiges*.

1945
À la demande de son fondateur, Emmanuel Mounier, il entre à la revue *Esprit* où il a la charge d'une rubrique consacrée à la vie quotidienne.

1950
Le Recteur de l'île de Sein est porté à l'écran par Jean Delannoy sous le titre *Dieu a besoin des hommes* avec Pierre Fresnay et Madeleine Robinson dans les rôles

principaux. Ce film obtient le Lion d'argent au festival de Venise et le prix de la Commission catholique internationale du cinéma. Henri Queffélec montrera longtemps son intérêt pour le cinéma.

1954 à 1969
Il appartient à la Commission d'aide au cinéma, en compagnie de J.-L. Curtis, J. Gracq, E. Morin, P. Moinot, D. Aury, etc.

1958
Grand prix du roman de l'Académie française pour *Un royaume sous la mer.*
Nombreux voyages, Europe, Afrique Noire, Canada.
Participe à plusieurs campagnes de pêche.

1975
Grand prix de littérature de l'Académie française pour l'ensemble de son œuvre.

1992
Mort à Maisons-Laffitte, le lundi 13 janvier.

DU MÊME AUTEUR

Romans

LE CHARME NOIR, *Gallimard, 1983.*

LES NOCES BARBARES, *Gallimard, 1985. Prix Goncourt.*

LA FEMME SOUS L'HORIZON, *Julliard, 1988.*

LE MAÎTRE DES CHIMÈRES, *Julliard, 1990.*

PRENDS GARDE AU LOUP, *Julliard, 1992.*

DISPARUE DANS LA NUIT, *Grasset, 1994.*

NOIR ANIMAL, *Bartillat, 1995.*

LA FORCE D'AIMER, *Grasset, 1996.*

HAPPY BIRTHDAY, Sara, *Grasset, 1998.*

OSMOSE, *Laffont, 2000.*

BORIS APRÈS L'AMOUR, *Fayard, 2002.*

VERT CRUEL, *Bartillat, 2003.*

MOI ET TOI, *Fayard, 2004.*

LES AFFAMÉS, *Fayard, 2004.*

MA PREMIÈRE FEMME, *Fayard, 2005.*

LA DÉGUSTATION, *Fayard, 2005.*

L'AMANTE, *Fayard, 2006.*

MINEURE, *Blanche, 2006.*

L'AMOUR EST FOU, *Fayard, 2006.*

LE PLUS HEUREUX DES HOMMES, *Fayard, 2007.*

LA PUISSANCE DES CORPS, *Fayard, 2009.*

LES SABLES DU JUBALAND, *Plon, 2010.*

DÉSIRABLE, *Le Cherche-Midi, 2014.*

Autres ouvrages

BÉLA BARTÓK, biographie, Mazarine, 1981. Édition revue et corrigée, *Stock, 1993.*

LE POISSON QUI RENIFLE, livre pour enfants, *Nathan, 1994.*

LE PINGOUIN MÉGALOMANE, livre pour enfants, *Nathan, 1994.*

PASSIONS CRIMINELLES, avec Mireille Dumas, *Fayard, 2008.*
TABARLY, *L'Archipel, 2008.*
ADIEU, BUGALED BREIZH, *Le Rocher, 2009.*
LE PIANO DE MA MÈRE, *L'Archipel, 2010.*
LES OUBLIÉS DU VENT, *Le Rocher, 2010.*
CADAVRES EXQUIS, ouvrage collectif, *Play Bac, 2011.*
LA TRAVERSÉE DU PETIT POUCET, *Le Rocher, 2013.*
LE DICTIONNAIRE AMOUREUX DE LA BRETAGNE, *Plon-Fayard, 2013.*
ON L'APPELAIT BUGALED BREIZH, *L'Archipel, 2014.*

Beaux livres

LE SOLEIL SE LÈVE À L'OUEST, beau livre, photographies de Jean-Marc Durou, *Laffont, 1994.*
BRETAGNE HORIZONS, beau livre, photographies de Philip Plisson, *Le Chêne, 1996.*
TOI L'HORIZON, *La Martinière, 2001.*
IDOLES, beau livre, peintures de Jeanne Champion, *Cercle d'Art, 2002.*
LA MER, beau livre, photographies de Philip Plisson, *La Martinière, 2002.*
TENDRE EST LA MER, photographies de Philip Plisson, *La Martinière, 2006.*

Table des matières

Avant-propos 11

Première partie – C

1. Kodak 15
2. En famille 25
3. À table 31
4. Cékouassa 37
5. Ça marche 43
6. Tac au tac 53
7. Matriochka 65
8. Trahison à Athènes 71
9. Femme en blanc 77
10. Papa au Congo 91
11. Quo Vadis 99
12. Albatros 111
13. Aparté 123
14. Ego 127
15. Mon père, ce géant 131
16. Olga 139
17. Pierre noire 143

Seconde partie – V

18. Retour au 52 155
19. Cap Nord… 163
20. À vendre 175
21. J 181
22. Le tournant du second 185
23. Sire le Roi 195
24. Sous-bock 203
25. Noir sur blanc 213
26. La mer, c'est moi 227
27. Je reviens d'Arabie 241
28. *Good-bye* Pa 249
29. Poirier 255
30. Traversée 257
Curriculum vitae 267

Achevé d'imprimer par Ermes Graphics
à Turin (Italie) en septembre 2015
Dépôt légal : octobre 2015
ISBN : 978-2-35221-088-7